audrée wilhelmy

blut HAUT

roman

Aus dem Französischen
von Tabea Rotter

S. Marix Verlag

den mundtoten Stimmen
den Beschwörerinnen
den Scheitholzflammen

INHALT

s'il vous plaît
soyez comme je vous ai
vous ai rêvé depuis longtemps
libre et fort comme le vent

libre aussi
regardez, je suis ainsi
apprenez-moi n'ayez pas peur
pour moi je vous sais par cœur

ANNE SYLVESTRE,
Une sorcière comme les autres

bitte seid
wie ich schon lang
schon lang von euch träume
frei und stark wie der Wind

und frei
seht her, das bin auch ich
zeigt es mir, habt keine Angst um mich
denn ich kenne euch, ganz und gar

ANNE SYLVESTRE,
Eine Hexe wie jede andere

lange Zeit habe ich mein Ende gelehrt
zur Stunde meines Todes hänge ich, Haar und Körper und Hände, zwischen meinen Tieren, das Gesicht zur Decke hochgekippt, meine Augen vom Halbdunkel verschluckt; die Männer auf der Straße
– wie viele?
unzählige
– und die Frauen, erzähl auch von den Frauen
fragen sich, ob sie offen sind oder geschlossen, meine Augen; niemand sieht sie; alles, was man im Schein der Tischleuchte ausmachen kann, sind meine Rippen, meine langgezogenen Brüste, ist das, was von einem Rock aus weißer Seide übrig ist; Blut fällt in schwarzen Tropfen auf die angehäuften Innereien, auf die Kadaver der Gänse, auf die dünnen Hälse der Ganter, die sich neben der Hackbank türmen
– es ist Saison
– das Blutbad der Jagd beendet
ich hänge über meinem Tresen, an Gesicht und Handgelenken festgemacht: der mich hier hochgezogen hat, wusste nicht, wie er es anstellen sollte, er durchbohrte zuerst mein Kinn wie den Schnabel einer Ente, dann besann er sich und zog meine Arme höher, bis zum Dachbalken
– schön schön …
auf der anderen Seite der Glasscheibe presst ein Mann seinen Hut gegen den Bauch, er knetet ihn mit beiden Händen: abgesehen von seinen Fingern, die den Filz wringen, steht er draußen im Winter wie erstarrt, hohe Stirn, der Mund halboffen;

daneben vergräbt ein anderer seine Fäuste in den Taschen des Wollstoffs, er presst sie gegen seine Schenkel oder er kneift sich, die Finsternis verbirgt seine Bewegungen

– aber du weißt, wie sein Geschlecht aussieht

natürlich

– und seine Schwellung
– da ist so viel Blut im Laden
– trotzdem lässt die Erektion nicht nach, da, am Becken des Mannes

ein Dritter kommt näher, knöpft seinen Kragen auf, der Wind bläst ihm unter den Rock, sein Mantel hebt und senkt sich, die Kälte beißt seinen Hals; gedankenverloren rollt ein Vierter seinen Schal um die Handgelenke auf und wieder ab

– es ist Pierre, Klein-Pierre
– Seiden-Pierre
– unglücklicher Pierre

er spreizt die Arme und die verschlissene Seide spannt sich, das Schnalzen der Fasern lässt ihn aufschrecken; er runzelt die Brauen, blinzelt, als erwachte er aus einem Traum, hinter sich spürt er die Meute anwachsen: von der Arbeit freigestellte Männer, die sich vor dem Lädchen ansammeln; gefangen zwischen der schlaflosen Nacht der Straße und dem warmen Licht der Glasscheiben, der Laden ist wie eine große Laterne inmitten der Dunkelheit der Geschäfte; manchmal dringt ein Windstoß durch eine gesprungene Fensterkachel: er weht über den Boden und wirbelt die Federn hinter der Scheibe auf, sie erheben sich zwischen den Gänsekadavern

– meinen Schwestern
– unseren Schwestern

am Schnabel aufgehängt wiegen sie sich an ihren Haken, ihr Schatten an den Wänden wächst und schrumpft; zu beiden Seiten ihrer Flanken fallen die Flügel schwer hinab, das Gewicht ihres Leibs streckt den Hals, entblößt den versteckten Flaum an den Kehlen

als er nach meinen Augen sucht,
– offen
– geschlossen
die andere Seite der Glasscheibe absucht, findet Pierre sein Gesicht auf den Fensterkacheln, seine schüttere Stirn, die Tränensäcke, die an seinen Wangen nagen, den blauen Bart, der an seinem üblicherweise glatten Kinn schimmert; er erblickt sich, stoppelig und grün; bald erkennt er im Fenster nur noch das Spiegelbild der Straße: er sieht sich selbst, wie er mich anschaut, und dahinter all die anderen, die sich im Dunkeln versammeln; eine dichte Schneeschicht fällt auf sie nieder
– die Schuldigen
– die Geliebten
sie legt ihnen ihre großen blassen Hände um die Schultern

-I-

MATRJOSCHKEN-
DÄMMERUNG

ein Jahr zuvor
– spul den Faden wieder auf
– ein Jahr
– auf einmal läuft die Zeitspindel ganz rund
– ein Jahr ist nichts
– webe Monate und Wochen auseinander
– förder den Schlussfaden zutage

ein Jahr zuvor bleibt Pierre Arquilyse vor meiner Federei stehen

auf der anderen Seite des Fensters halte ich ein Messer zwischen den Fingern: ich fördere seine Schneide zutage und prüfe ihren Schliff, dann lege ich das Ausbeinmesser unter die aufgehängten Tierkörper; ich decke die Blutwanne ab, die am Ende des Tages voll aufgefüllt ist, und fege Federnwolken zusammen; das Licht flackert auf dem Reifefleisch; ich lege meine Schürzen ab

– die erste beschützt die zweite
– die zweite deckt die dritte

die dritte, die vom Kragen bis zu den Knöcheln reicht, birgt unter sich das schattige Rostrot meines Rocks

draußen schlafen die Gänse auf den Brachflächen; die Läden im Dorf sind leergefegt; selbst Groll hat seine Manufaktur vor der Zeit geschlossen, so oft haben sich die Näherinnen, die Weberinnen, ihre fleißigen Hände bei der Arbeit vertan

– zu seinem Vorarbeiter hat er gesagt, die Arbeiterinnen seien »nervös wie Hündinnen oder Stallstuten, wenn der große Mond übers Feld kommt«

– anzüglicher Groll
– Groll, der über die feinen Finger der Kangoqer Frauen herrscht

ich löse mein Hemd: Pierre Arquilyse hat sich in der Lichtfalle der Federei verfangen; ich nehme das Haar hoch, das um meinen Hals flutet, hebe mein Kinn, streife über meine Lippen, meine Schlüsselbeine, dann drehe ich mich zur Feuerstelle um und gieße kochendes Wasser in den Trog, der manchmal der Pelzzurichtung und manchmal dem Körperbad dient; ich trete ans Fenster: auf der anderen Seite der Scheibe ist der Boden noch immer schlammig geblieben, braun und matt wie der Himmel: nichts erhellt die Straße außer mir, die ich

– souverän
– völlig offen

unter meinem zerknitterten Hemd den hellen Stoff meiner Korsage enthülle

draußen ist Pierre Arquilyse von einem Heiligenschein aus Licht umgeben

– schau, er hat die Hand in seiner Kniebundhose

er hat keine Ahnung, wie sie in sein Beinkleid hineingeraten ist, hat die Bewegung nicht mitverfolgt und erwischt sie nun im feuchten Innenstoff seiner Unterwäsche, fest um sein Geschlechtsteil geklammert

er drückt sein Kinn in den Schal, die Seide fusselt noch nicht

– darauf gibt er acht wie seine Frau aufs Tafelsilber

die Männer von Kangoq tragen Pelerinen aus Nerz oder Fuchspelz, aber keine bestickten Schals, und der Notar genießt seine Extravaganz: wenn er bei einem Klienten seinem Spiegelbild begegnet, verzieht er instinktiv das Gesicht, doch der Anblick der schönen, um den Hals gerollten Zunge erinnert ihn wieder an seine Stellung; er hebt den Kopf und öffnet seine Schultern; wie die Damen aus seiner Kindheit hält er sich, die ihre Gewänder zum Ausbessern zu seiner Mutter brachten

– zu Adèle, der Gekrümmten, der völlig Schlaffen
– »Kinn hoch, böser Junge«
– Adèle, die das stattliche Auftreten müßiger Frauen bewunderte
– »halt deinen Kopf, als hättest du eine schwere Krone darauf«
– Adèle, die sich keine Nachsicht erlaubte
– »steh gerade!«
– wie hätte sie mit ihren drei Wochenpfennigen sich auch Einlass in die bessere Gesellschaft verschaffen sollen?

Pierre Arquilyse, der nun Notar mit Seidenschal ist, hat die Gewohnheit angenommen, sich selbst zu überwachen, fest entschlossen, jeden seiner Fehltritte aufzuspüren; er meidet für gewöhnlich die Hintere Straße im Armenviertel, zu viele Spuren begegnen ihm dort aus der entbehrungsreichen Zeit mit seiner Mutter

– trotzdem, er ist hier
– aufrechtstehend
– wie angewurzelt

er hat seine Augen wieder auf das Schaufenster der Federei gerichtet, um sich selbst zu beobachten, und wäre so fortgefahren, hätte nicht das jähe Licht von drinnen sein Spiegelbild verschluckt; unversehens stürzt Pierre über mich, und da steht er nun, stockend und gefesselt von der roten Zeichnung, die mein Mieder ziert, während ich einen nach dem anderen die Knöpfe aufmache, die meine Wäsche zusammenhalten

– sieh mal, wie seine Hand in der Emporkömmlings-Hose zappelt
– er berührt sich reizlos
– mangelnde Gewohnheit

der Rock fällt, sinkt schwer auf meine Knöchel nieder, und ich steige darüber hinweg

an der Decke tanzen die Gänsekadaver: ihr Federkleid wirkt stumpf neben den makellosen Unterröcken, die ich überall im

Laden verteile: jedermann weiß, dass ich unter meinen schmutzigen Metzgersachen ein Reich von Stickereien trage, Ton in Ton verlaufende Flachreliefs auf weißem Leinenkanevas

– jedermann, nein

– Klein-Pierre, der wusste es nicht

er erkundet den Reichtum meiner Unterröcke und tauft mich insgeheim Bluthaut, ein Widerhall dieses Märchens, das er seinen drei Töchterchen jeden Abend vorliest, wenn sie ihn zuhause am Fenster erwarten: die Kleinen kleben geradezu mit ihren Nasen an der Scheibe, ihr Atem verströmt einen matten Dunst, der vor ihnen die Allee verschleiert: sie warten auf ihren Vater, zeichnen Erhängte auf das Glas, während dieser einige Straßen weiter unten, in die Nacht gehüllt, seinen Mantel über die Finger zieht und mit der freien Hand das Schaufenster poliert

Beschlag umschließt die Federei, alles zergeht hinter einem Dampfschleier

– eine Stimme, nicht seine

– ruft »Sulfurian!«

und Pierre Arquilyse prallt zurück

die raue Stimme hat das Dunkel zerrissen, der Notar kennt den Akzent nicht, der in der Kehle rollt; er runzelt die Stirn und kneift die Augen zusammen: ein schwarzer Schatten flackert in der Ecke des Lädchens

– er ist zäh, der da gesprochen hat

– geheimnisvoll

– mein Ehemann nimmt ihn für die Feldarbeit in Dienst

– meiner, um beim Vieh zu helfen

– er kann Leder gerben und Metall biegen

– ich nenne ihn Sulfurian, weil er selbst das oft so sagt

seine Haltung scheint der des Notars nachempfunden: er steht leicht gekrümmt, reckt das Kinn nach vorn, als hoffe er, mit gestrecktem Hals an den beschlagenen Scheiben vorbeisehen zu können; seine Hose ist gespannt, die Finger unter der rauen

Wolle berühren seinen Phallus, und Pierre erkennt diesen Griff gegenüber seinem eigenen mit Schrecken als diskreter und weniger derb

der Notar weicht überstürzt zurück und stolpert in eine üppige Menge, an seinem Ohr spürt er das warme Röcheln eines anderen Voyeurs, er dreht sich um und erkennt den Blechschmied

– sechs Zähne fehlen dem
– das Loch in seinem Mund, wenn er lächelt, ist angsteinflößend

für andere vielleicht

– für Pierre
– Klein-Pierre
– bestimmt

»bald sieht man da gar nix mehr, musste wohl selber fertig werden, mit dem Bild in deinem Kopf, Kumpel«

Pierre weicht zurück, hinter ihm sind drei Teufel mit sich selbst beschäftigt, ohne sich um die anderen zu scheren; der Blick des Notars bleibt an jedem hängen: der erste schnauft laut, die beiden anderen zu seiner Linken hecheln: alle drei scheinen sie befallen von ein und derselben Lüsternheit, die von einem Körper zum nächsten reicht

zusammengescharte Männer

– sieben? acht?

Pierre Arquilyse mit seinem geschwollenen Geschlecht in der Hand ist als einziger in Licht getaucht; er müht sich, seine Finger aus der Unterwäsche zu ziehen, sie sitzen in der Umklammerung des Hosenbunds fest; er wird bleich und im Gesicht bricht ihm der Schweiß aus; die Kälte beißt in seine feuchten Wangen; er möchte sich würdevoll entfernen, stürzt aber in großen Schritten davon, die Faust noch immer im Beinkleid gefangen, das Herz wütend, der Mund schlaff

»das ist dem Fraiteau seine Kuh, seine Kuh Matrjoschka, seine Kuh, ohne Haut am Körper, seine Kuh, die neue, Matrjoschka, läuft rum nur aus rotem Fleisch, von den Gleisen zum Fluss«

– der Beaupré-Waisenjunge plärrt
– so laut, als wäre er dem Tod selbst begegnet
– dem Tod in fleischlichem Gewand
– Binouche, Binouche, was hat er nur gesehen?
– eine Kuh, die bis auf die Knochen abgemagert ist, wie die vom bösen Bauern Asling, der sie nicht füttert?
– nein: er sagt, immer wieder sagt er »eine Kuh ohne Haut«, das ist nicht dasselbe
– »ohne Haut, die Kuh«
– er schreit

früher an diesem Abend, bevor Pierre Arquilyse die Federei entdeckt hatte, deren Türen der Lust offenstehen, brach er von seinem Klienten Morelle auf; im Dorf waren keine der üblichen Schatten zu sehen: einzig Binouche Beaupré rannte von einer Tür zur nächsten, schlug mit seiner rundlichen Faust auf die Fenster ein, die guten Familien auf der anderen Seite der Scheiben setzten sich unterdessen zu Tisch

»Matrjoschka! Matrjoschka ohne Haut!«

– dieser ganze Krach
– und dieser Berg von einem Mann mit seinen kindischen Tränen

Binouche schrie von Haus zu Haus, und die Eltern forderten ihre Kleinen auf, nicht hinzusehen, so zu tun, als wäre der Große Tollpatsch gar nicht da

– sie sagen Dorfdepp
– sie sagen Idiot
– sie sagen zu ihm Die Schande mit den dicken Händen

als das Waisenkind im Matsch ausrutschte, dort in sich zusammensank und dabei seine Bundhose zerriss, brach das kleine Publikum hinter den Fenstern in Gelächter aus

– zeigte alle Zähne
– schöne, gerade Zähne in verhätschelten Kindermündern
– ihr mit Hachsen, Keulen und Eingemachtem gepäppeltes Lachen

der Notar schnitt eine Grimasse

– Pierre, Klein-Pierre und seine steife Art
– rümpfte die Nase, als hätte Die Schande einen Geruch

er kniff seine Manschettenknöpfe mit den Fingern, während das rotz- und tränenverschmierte Waisenkind sein dickes Gesicht zu ihm hochhielt

»ohne Haut, die Kuh«

Pierre schaute auf die schöne Straße, die überdachte Brücke, die Oberkangoq in zwei Teile trennt, schaute wieder auf den ausgetretenen, dreckigen Matsch zwischen sich und der Überführung und entschied schließlich, den Umgehungsweg zu nehmen, den, der nach Unterkangoq führt, bis hinab zu meiner Federei; er drückte sein Kinn in den Schal, die Seide streifte seine Wangen: er gab sich der Liebkosung des Stoffs hin und beruhigte sich

– er wusste ja nicht, wohin ihn seine Verachtung führen würde
– seine schon bald gestrafte Überheblichkeit

in der Federei quillt, je mehr heißes Wasser ich ins Becken schütte, der Dampf auf und bildet einen matten Schleier an den Fensterscheiben; die Männer, die sich auf der anderen Seite des Fensters versammelt haben, stellen sich vor, wie meine letzten Kleidungsstücke zu Boden fallen, sie kommen und beschmieren sich ihre Hände; ich bewege mich wie eine Flamme durch den Dunst, während der Notar wieder aus der Unterstadt in die obere zurückläuft, mit Feuer auf den Wangen
und
– mit Feuer im Körper
– Pierre, Klein-Pierre
– von seiner Begierde gepackt
– dreht sich oft um
– drei, fünf Mal

er vergewissert sich, ob Mitstreiter seine Flucht verfolgen, aber stattdessen erahnt er mich in den rostbraunen Schatten der Hütten; die Schmach beugt ihn, die Erregung beugt ihn, er geht schnell, täuscht Langsamkeit vor, verheddert sich beim Gehen; schließlich bleibt er im runden Licht einer Straßenlaterne stehen, zurück im ruhigen Land der gepflasterten Straßen, der Backsteinhäuser und toten Blumenbeete: die Kulisse entlang des Wegs
– wenn er könnte, würde er sich im Schlamm wälzen
– mit dem Mist auf dem Weg verschmelzen
– sein Begehren erscheint ihm plötzlich wie eine unüberwindbare Verderbtheit

er fühlt seine allererste Scham, die so alt ist, dass er sie wie ausgeleierte Unterwäsche trägt, solche, die man vergisst, sobald man sich nicht mehr die Mühe macht, an sie zu denken, die man aber trotzdem jeden Morgen wieder überstreift
er ist fünf Jahre alt und beobachtet durch die angelehnte Tür die Bewegungen in der Küche: seine Mutter ist über den Topf gebeugt, sie geht von einer Schublade zur anderen, durchsucht die Küchengeräte und probiert das Gekochte, als koste sie von

einer feinen Soße; nun, da das Kind Pierre in der Schneiderei allein ist, berührt es die Spitze, den Taft und die Innenfutter, es taucht seine Nase in die Seide der Madame de Sève; gerade ist die Kundin gegangen: in ihrer Kleidung liegt die Erinnerung an ihren Körper bewahrt, ihre Gerüche nach seltenen Blumen, Schweiß, Wein; eine Spur von Lippenrouge hat den weißen Halbmond des Kragens gestreift und Pierre stellt sich das dicke, farbige Fett auf seinem Mund vor: der Stoff raschelt in seinen Händen; er legt sein Gesicht darauf und vergräbt sich; wann genau er in das grüne Kleid hineinschlüpft, weiß er nicht mehr, aber schon schnürt er die Bänder, gerade so fest, dass die Korsettstäbe sich wie ein zweiter Körper um ihn legen; da

– genau da

öffnet seine Mutter die Tür zur Werkstatt; und in das Zimmer, das bis dahin im Halbdunkel lag, sticht plötzlich das Licht aus der Küche

jedes Mal, wenn Pierre Arquilyse sich durch irgendeine Bewegung verrät, hört er wieder das Gebrüll seiner Mutter

– oh, der Zorn der Adèle
– kleine, krumme Frau
– Adèle, die gern ohrfeigte und ausspuckte

aus dieser Schande – das Kleid festungsgleich um seinen Körper, Adèles maßlose Raserei – befreit er sich nie wieder richtig; er hat sich auf diesen Widerspruch aufgebaut: wenn er an den mütterlichen Wutausbruch denkt, fühlt er sich von der Seide der Madame de Sève bedeckt, der Wonne, zur Gänze von den duftigen Gewändern einer Riesin verschlungen zu sein

– eine Mischung aus Scham und Wollust, von der er nicht loskommt

er fröstelt: die Seide des Schals genügt für einen Moment nicht mehr; die Nacht ist schlammig, seit mehreren Tagen regnet es, obwohl längst der erste Schnee hätte fallen sollen; Feuchtigkeit dringt in seine Wäsche; die Schritte des Notars sind lang und jeder bringt ihn aus seinen Gedanken in die Gegenwart zurück; als er auf der Schwelle zu seinem Haus steht, gehören Bluthaut und das grüne Kleid der Madame de Sève nunmehr beide zum dunklen Land der Träume

– dies ist der Ort, wo wir am meisten leuchten
– blühend, formbar
– ein hundertfach auf sich selbst zurückgeworfenes Begehren

auf der anderen Seite der Brücke, nahe der Kirche, hat sich Tamiel

– der schöne Arzt von Kangoq
– Tamiel, Heiler der Körper
– Tamiel, Heiler der Herzen

daran gemacht, Binouche Beaupré zu besänftigen, der noch immer sein panisches Geheul von sich gibt
»Matrjoschka, Matrjoschka, dem Fraiteau seine Kuh, Matrjoschka ohne Haut, ohne Haut, die Kuh«
immer und immer wieder dieselben Worte und dieser ganze Rotz unter dem großen Mond; die Schreie dringen bis an Pierre Arquilyses Ohr, er seufzt: mit einem Mal scheint ihm das Dorf gleichzeitig zu klein und zu groß; Madame Gattin öffnet die Tür, noch bevor er überhaupt seine Hand auf den Knauf legen konnte, sie erscheint im Türrahmen, fest eingeschnürt in ihrer Kleidung: das graue Gewand kann ihre Verstimmung kaum zurückhalten, und Pierre bemerkt

– an den Armen
– an den Brüsten
– am Bauch

die gespannten Nähte der Korsage; er senkt den Kopf und spreizt die Finger ein wenig, hinter seinem Rücken warten die Backsteinhäuser auf den Winter, während ihm drinnen die älteste seiner drei Töchter ungeduldig das Märchenbuch hinhält

Fraiteaus Kuh ist wandelndes Aas: ohne Haut geht sie zwischen den Häusern umher, nur zwei Männer aus dem Dorf haben sie gesehen: der Waisenjunge Beaupré und Sulfurian, der Schattenteufel

– »Sulfurian«, sein Dialekt, seine schöne, runde und fremde Sprache
– Sulfurian, der Mann, der plötzlich auftaucht
– und wieder verschwindet

die Kuh, die beides zugleich ist, tot und lebendig, führt ihren gehäuteten Körper durch die Kangoqer Nacht: Matrjoschka ist, wer weiß, durch welchen Zauber, von ihrem Tierleben in einen Fleischhaufen ohne Haut übergegangen; nun vagabundiert sie die geraden Straßenränder entlang, ihr Leben als Kreatur mit Fell gehört einer fernen Vergangenheit an: hat sie je woanders existiert als in diesem eisigen Moment, wo der Wind ihren Körper am rohen Muskelfleisch trifft? sie läuft ungelenk, richtet ihre großen, leeren Augen auf den Abend, der früh hereingebrochen ist; danach kommt nichts, in ihrem Gedächtnis ist auch nicht viel: sie erinnert sich an den Jungen, der sich nach ihr umgedreht hat und sie gesehen hat, während die Werksfrauen auf dem Weg vorauseilten

– die Arbeiterinnen, die fleißigen, früh heimgegangenen Hände

längst hatte das Dorf geahnt, dass dies eine schaurige, eine verfluchte Nacht werden würde, und abgesehen von einigen Hitzköpfen beeilte sich jeder, zurück in seine Behausung zu kommen, bevor es ganz dunkel wurde

Binouche Beaupré war stehengeblieben, um seine Schnürstiefel zu binden: eine grobe Figur, noch Kind in seinen Gesten

– natürlich noch Kind
– wie ein schlecht zur Welt gekommenes, schlecht gealtertes Kätzchen
– ein Männerkörper mit dem Gesicht eines seligen Welpen

er hatte sich über seinen Schuh gebeugt und die Schnürsenkel um seine Finger gewickelt, ohne einen Knoten hinzubekommen; die Frauen entfernten sich auf dem Fußweg, er hob den Kopf in ihre Richtung, wollte eine von ihnen rufen, die ihm die Schleife neu binden könnte, doch zwischen der letzten Arbeiterin und ihm erhob sich nun Matrjoschka

– ohne Haut, die Kuh

er schrie wie in einem Albtraum, ohne dass ein Laut durch seine Kehle drang, das Wesen sah ihn regungslos an; und als es sich wieder in Bewegung setzte, war der Waisenjunge allein, die Frauen hatten ihre Häuser erreicht; lange Zeit blieb er stumm, dann brachte er all sein Entsetzen in die Straßen des Dorfs

jetzt zieht Matrjoschka weite Kreise, von einem leeren Weg zum anderen; wohin sie auch geht, hört sie das lärmende Weinen des Jungen; sie durchquert die Unterstadt und hinterlässt eine schlammige Furche; vor der Federei haben sich Dunstschwaden und Voyeure verzogen; im Innern ist, wie auch überall sonst, der Abend hereingebrochen: die an der Decke aufgehängten Kadaver wiegen sich, genau wie ich, ich schlafe in meinem Stuhl schaukelnd ein, meine großen Messer gegen die Schüssel gelehnt

drei Türen weiter streckt sich Philomène zwischen Stapeln sauberen Geschirrs

– an den Hüften ganz Arglosigkeit, Brüste wie Zitronen
– wie alt?

sie berauscht sich am fetten Seifengeruch, ihre Finger sind vom heißen Wasser rissig; die jüngeren Schwestern, kleinen Brüder und ihre Eltern haben sich ins Nebenzimmer zurückgezogen, ihr Geflüster dringt durch die Wand, die Mauer spricht leise

– was sie sagt?
– banale Dinge
– eine Bestandsaufnahme der Bewerber
– Geschichten vom Wohlgeformtsein, von Haut, Haar, Lippen
– Verheißungen von Kinderbettchen

die Küche ist ein winziger Raum, leer und überquellend in einem, Philomène fühlt sich wohl in dieser gestohlenen Einsamkeit, sie sieht zu, wie die Essensreste auf den Boden des Spülbeckens sinken, die Rinderbrühe bildet einen klebrigen Film auf der Oberfläche

– sie würde gerne den Finger hineintauchen
– ihn ablecken
– alles Salz und Öl, vermischt
– sie leckt nichts ab

als schließlich Stille die Stimmen ihrer Familie ersetzt, nimmt das junge Mädchen einen Kupfertopf, den sie mit dem weichen Zipfel ihrer Schürze blankputzt, sie poliert ihn, bringt ihn auf Hochglanz; bald macht sie darin ihr Spiegelbild aus, jetzt füllt sie ihn mit lauwarmem Wasser, wartet, bis das Metall die richtige Temperatur annimmt und leert dann den Inhalt in die Spüle aus, wirbelt den toten Brei der Mahlzeit auf; sie schließt die Augen und lässt ihrem Atem Zeit, bis in die Fersen hinabzusteigen; sie nimmt den Topf in ihre beiden hohlen Hände und legt ihre Lippen auf das Kupfer, ein kleiner beschlagener Ring bildet sich um ihren Mund

– es ist eine akribische Übung
– die Lippen leicht öffnen
– gerade so viel wie nötig
– den Druck zügeln
– den Drang der Zunge kontrollieren
– nicht mit den Zähnen an das Metall stoßen

die Gaslampen schwanken, Philomène wölbt sich, sie biegt den Rücken durch, führt ihren Unterleib gegen das Becken eines imaginären Mannes; ihre Lippen gleiten über den Topf, eine ihrer Handflächen verlässt das Metall und kehrt zu ihrem Körper zurück, sie hebt die Stirn, öffnet halb die Augen; unbelebt erscheint die Nacht, drinnen wie draußen

dennoch, auf der dunklen Seite der Welt geht Matrjoschka langsam ihren Weg; Dampf steigt von ihrem Rücken auf, ihr

Fleisch schwitzt ein klebriges Wollfett aus, das sie vor der Kälte schützt; der Vorhang fällt vor Philomènes Fenster und die Kuh kann nirgendwohin außer geradeaus; sie setzt ihre monotone Reise fort und begegnet Fenster für Fenster jungen Frauen, die sich im Wankelmut ihres Alters alle ähneln

- dort, das ist Déléanne
- jede von ihnen ist Déléanne
- die Versprochenen von Kangoq
- diejenigen, die auf ihr Frauenleben warten
- ihr Bauch ist ein leeres Nest
- Philomène ist nicht wie sie
- die Kribbelige, Überbordende
- aber die anderen vervielfältigen sich, identisch
- die Déléannes
- seien sie nun höhere oder Arbeiterinnentöchter
- gleichviel, sie sind Deklinationen desselben Alters, desselben Gesichts

Matrjoschka beobachtet diese Frauenentwürfe im Nachthemd hinter den Gardinen: sie entwirren artig ihr Haar, beugen sich über ihre Aussteuer, wiegen eine kleine Schwester, beschwichtigen Albträume: ihre Geduld als Ehefrau, als Mutter steht schon parat

die Kuh spürt die Kälte nicht mehr, sie läuft, die Nacht fließt über ihren Rücken, bald erlöschen die letzten Häuser; Binouche Beaupré hat aufgehört, in den Straßen zu heulen: alles schläft außer Matrjoschka, die weiterhinkt, ohne innezuhalten; die Hufe durch den Schlamm ziehend, steigt sie die Letzte Dorfstraße hinauf, die Yaga steht auf der Schwelle ihrer Hütte: sie wartet rund und weit unter dem Mond, Matrjoschka geht auf sie zu und lässt irgendwo auf dem Weg ihren Körper zurück schaut, wie leicht ich mich dem Bild anpasse, nach dem sie trachten: sie treten durch die Tür, die in den Angeln quietscht, und ich bin da, so wie sie mich wollen, ohne Namen, ohne Gesicht, nur das, was sie mir anheften; sie zahlen ein paar Münzen und ich biete ihnen, was sie suchen

– eine Hure
– Herrscherin
– Unterworfene

ich verstehe, ihre Impulse zu lesen, Erregen ist leicht, Befriedigen ist leicht; sie treten ein, ich bin da, sie gehen, ich verschwinde

– transparent
– aber lebendig

lebendig und wieder ich selbst, mit Gesichtszügen und einem Körper: bin ich allein, dann existiere ich vor allem in meinen Händen

– sie rupfen
– sie sticken
– sie weiden aus

Blut läuft warm über meine Finger und die Daunen verkleben darin; ich tauche sie in das Kaltwasserbecken und bürste sie mit grobem Rosshaar ab, scharlachrot und aufgedunsen hole ich meine Fingerglieder wieder heraus; und während ich aus einem Beutel Silbernadeln ziehe, schwellen sie wieder ab

– jene Nadeln: sie sind die penible Kunst des Schmerzes

ich klemme das Ende des Fadens ein, rolle etwa eine halbe Armlänge ab, peile das Nadelöhr an und ziehe das Garn auf beiden Seiten gleich lang hindurch; ich sticke in Weiß; selbst in sauberem Zustand bin ich schmutzig, doch der Faden, der bleibt weiß wie Schnee; ich besticke ein Kleid in den Farben von Gefieder: zwei, drei Schwungfedern längs der Korsage gestalte ich aus, danach wende ich mich wieder meinen Gänsen zu, ich bin ihre Umkehrung: trage makellose Dessous und bin obenauf blutüberströmt

– die Tür!
– die Tür!

ich habe schon gesehen, wer sich da aufmacht: rasch bedecke ich wieder meine Nacktheit, meine weiblichen Kurven, und erscheine in speckigen Schürzen

– die erste beschützt die zweite
– die zweite deckt die dritte

der Mann, der auf der Türschwelle aufgetaucht ist, erkennt mich nicht; es ist Tamiel, er hält seinen Arztkoffer vor sich: wo immer er hingeht – die Medizin ist ihm einen Schritt voraus

– er ist der gefragteste Mann im Dorf
– seine Handflächen sind warm
– wenn er sich über seine Patientinnen beugt, riecht sein Atem nach Lakritz
– er horcht ihr Herz ab und sagt »ich höre, ich höre«

auf der Schwelle zu meinem Refugium räuspert er sich; der Geruch der Federei übermannt ihn: Ärzte und Leichen vertragen sich schlecht; sofort verspürt Tamiel eine Art Schrecken; er ahnt in den Schatten die Bewegungen unerklärlicher Dinge, es sind alles Dinge, über die ich herrsche, doch das weiß er nicht: als sein Blick auf mich fällt, komme ich ihm zerbrechlich vor, zart

– er sieht, was er sehen will
– eingefallene Wangen
– schwarze Augen
– Lippen, die hervortreten, wie bei einem ausgehungerten Gesicht

die Kruste aus Blut und Federn, die meine Haut verdoppelt, irritiert ihn; er verwechselt den Tod des Viehs mit meinem eigenen: er hat noch kein Wort gesprochen und schon weiß ich alles über ihn

»ich suche die, die der Herr Bürgermeister Meinschnee nennt«

– wie seine runde Stimme mir schmeichelt …
– niemand heißt Meinschnee

das ist falsch: der Bürgermeister sagt manchmal »meine Schneegans« beim Sex

– der Arzt wird gehört haben, was er hören wollte
– der Arzt sagt »ich höre«, aber er hört nicht besonders gut
– er sagt auch »die Leute sagen, dass sie an dieser Adresse Handel treibt«

er sieht mich verstört an; ich nicke und bedeute ihm, einzutreten; zweimal die Finger aufs Herz legen: »komm rein« heißt das, »komm rein«; er weiß nicht, wo er hintreten soll

– überall sind Tierkörper

es ist Ende der Jagdsaison

– dich soll er anschauen, dann lässt die Verunsicherung nach

ich sage zu ihm »komm rein« und deute auf meine Augen, den Körper über die Theke gelehnt, ich denke »komm rein und ich ergreife für alle Zeit Besitz von deinen Sehnsüchten, komm rein«, meinen Kopf kaum nach links geneigt, meine Stirn nach vorn, meine Lippen halbgeöffnet, mein Hals, meine lange Kehle und meine Augen

– deine Augen

»komm rein«

jeden Tag sieht der Arzt halbnackte Frauen, die tief ausgeschnitten daherkommen

– hier, legen Sie Ihr Ohr an meine Brust, hören Sie auf das Pochen: mein Herz springt
– da, irgendwo unter meinen Rippen, da brennt etwas
– meine Scham ist trocken, werde ich alt?
– fassen Sie mal an, meine Brust ist fest, und hier, die andere nicht
– fassen Sie mal an

Tamiel tastet, legt die Stirn in Falten, kritzelt ein paar Notizen in sein Heft, blättert manchmal in seiner Doktorbibel herum, befühlt noch einmal: er nimmt sich Zeit, umsorgt die Frauen der anderen, wie er seine eigene gern umsorgt hat

– selige Cora-Mance, die Schwächliche

– so früh gestorben
– schon krank zur Welt gekommen
– welch eine Idee, ein todkrankes Mädchen zu heiraten
– ist das nicht der schönste Akt der Liebe?
– der Selbstentsagung?

mir gegenüber, die ich weder schwach bin noch leidend, weiß der Arzt nicht, wie er sich aufführen soll; wie ein Gewaltakt erscheint es ihm, bei einer gesunden, unverheirateten Frau einzutreten

– er fühlt sich, als läge eine Hand um seinen Hals
– er erstickt

was er spürt, ist ein nicht ausgelebtes männliches Verlangen, er erkennt es nicht einmal; er glaubt, diese Hitze komme daher, weil die Luft nicht gesund ist; er öffnet seinen Kragen; willkürlich greift er nach einem Stuhl und lässt sich darauf fallen; die Sonne wirft sehr gerade Strahlen durch das Fenster, Staub schwebt im Licht; als der Arzt endlich zu sprechen anhebt, verfliegt seine Rötung

»eine Kuh ist gestern gestorben, man hat sie auf dem Weg gefunden; ihr fehlte die Haut«

sein Blick treibt von einem Kadaver zum anderen, von den Vögeln, die am Dachbalken baumeln, zu den in der Ecke aufgehäuften, von den Daunenbeuteln zur Blutwanne

– vielleicht sucht er ja die Haut
– die von der Kuh?
– die von »Meinschnee«?

er sucht seine Contenance, das ist alles

mich braucht er über nichts aufzuklären: die Kuh, Matrjoschka, Éphrem Fraiteaus noch ganz neuer Stolz, irrte enthäutet umher, bis sie auf dem Weg zur Yaga starb

– jung und fruchtbar, die Färse
– ein schönes Tier zum Stierezeugen

ihre Nachkommenschaft war bereits für den Landwirtschaftswettbewerb ausersehen sie liegt tot auf dem Weg, ohne ihr rotbraunes Kleid

ich stelle einen Kräutertee und einen Gin vor Tamiel hin, er trinkt einen heißen Schluck, dann einen brennenden; dazwischen blickt er mich unter seinen Augenbrauen an;

»das Waisenkind Beaupré behauptet, dass es die Kuh hat laufen sehen«

die tote Matrjoschka blutete nicht; sie war nacktes, rohes Fleisch, die Augen geschlossen, eingeschlafen in ihrem Leid

– auf dem Kirchenvorplatz erzählt man sich, dass der Kleine böse Geister beschworen hat und sie nicht mehr kontrollieren kann
– ein paar sagen, dass hinter seiner einfältigen Miene der Teufel steckt
– andere halten ihn für durchtrieben, sie erzählen, dass der Junge, nachdem er die ganze Nacht den Mond angeheult hat, schnell gegangen wäre, um die Kuh zu enthäuten, damit die Leute ihm seine Geschichte glauben

ich frage mich, wie dieses Kind, das nicht einmal Kissen stopfen kann, ein Tier hätte häuten sollen, das fünfmal schwerer ist als es selbst – ohne Einschnitte, ohne Blut

der Arzt will wissen, ob ich Angst habe

– wovor?
– vor wem?
– vor Binouche Beaupré?

seit er groß geworden ist, ängstigt der Waisenjunge die Groll-Arbeiterinnen; es war einfach gewesen, den Bastard seine Kindheit hindurch in den Manufakturen zu hüten, inzwischen verkompliziert er alles

– er kommt ganz nah an den Hals der Frauen und riecht an ihren Haaren
– er streift ihre Taille
– er versteckt sich, wenn sie im Wäldchen die Beine breitmachen
– er beobachtet sie, wenn sie sich erleichtern oder bluten

ich lache: soll er schauen, vielleicht lernt er etwas
Tamiel hat seinen Hut abgenommen, als er eintrat; er drückt ihn gegen seinen Oberkörper, windet sich auf seinem Stuhl: ich zeichne einen Kegel auf meinen Bauch, von der Brust, Finger gespreizt, bis zum Nabel, Finger geschlossen: »fasse dich, Arzt, steig von deinem Kopf zu den Füßen hinunter, erinnere dich, was dich herführt«

jeden Dienstag, nachdem er die Kinder ins Bett gebracht hat, empfängt Joséphé Delorgue, Bürgermeister von Kangoq, den Arzt, den Kaufmann und den Notar in der Gobelinstube; zu viert regieren sie über den größten Ort im Norden: eintausendsechshundert Seelen, acht Straßen und zehn Zeilen, eine Schule, Händler für den kleinen Luxus und die Groll-Manufakturen, die fast dreihundert Arbeiterinnen an fünf Standorten beschäftigen: Spinnerinnen und Weberinnen, die kinderpopozarte Bettlaken herstellen, Schneiderinnen, die Oberbetten und Kissenbezüge anfertigen, Sortiererinnen, die die Daunen aus den Federn herauslesen, Stopferinnen, die Daunenbetten und Kopfkissen befüllen, und Stickerinnen, die den gesamten Tag über fertige Produkte mit einem Kantillen-Logo versehen:
Groll: Kangoq-Daunen

- lächerlich
- elegant
- obszön

ihre Kinder schlafen auf dünnen Unterbetten, die mit Daunen, Garnenden und Stoffresten gefüllt werden: Groll überrascht sie gern dabei, wie sie sich unmerklich ihre Uniformtaschen vollstopfen

- er schilt sie wie ein Schulmeister
- sie erröten, er bekommt einen Steifen
- er ist nicht böse
- den Älteren bietet er nach dreißig Jahren im Dienst eine Daunendecke für die kalten Tage
- er ist nicht böse
- er stellt ohne weitere Fragen die Töchter der Mütter ein
- er gestattet den Frauen zu stillen, während sie spinnen

als eine von ihnen mit dem Bastard ihrer im Kindsbett gestorbenen Schwester ankam, ließ Groll sie sich ausweinen, während er ihr den Kopf tätschelte: er stellte keine Fragen und setzte den Kleinen einer anderen an die Brust, die zwei Tage zuvor ebenfalls sehr unglücklich hergekommen war, weil der Säugling, den sie seit neun Monaten mit sich herumgetragen hatte, tot auf die Welt gekommen war; alles wurde stillschweigend zwischen zwei Webstühlen ausgemacht, das Kind hatte eine komische Farbe und bewegte sich täppisch, es trank zu viel, biss mit seinem neuen Zahnfleisch an den Brüsten herum, die Amme wollte es nicht mit nach Hause nehmen: man füllte eine Kiste mit Daunenfedern und legte es hinein, so wuchs das Ding heran, unbeholfen, aufdringlich: seine Adoleszenz hatte Groll nicht kommen sehen, die männliche Präsenz eines anderen in seinem Stall; und jetzt stört ihn der Waisenjunge, weil er die Ordnung der Röcke durcheinanderbringt

»ich dulde ihn nicht länger in den Werken, sie haben schon Angst, sage ich dir, ich dulde ihn nicht länger«

der Bürgermeister hört ihm zu und reibt sich übers Kinn: am Abend beginnt sein morgens rasierter Bart schon wieder zu sprießen, raut auf, er berührt seine Wangen und denkt an das Sandpapier, das sein Vater zum Polieren von Möbeln benutzte

»Binouche ist kein Kleinkind mehr, er ist ein Mann«

Tamiel zählt die medizinischen Probleme des Waisenjungen auf, eine mittlere Geistesschwäche, »weder leicht noch schlimm«; Pierre Arquilyse sitzt in seiner Ecke, er denkt an bestickte Röcke, bunt durcheinander geworfen auf einem Boden aus Federn; der Whisky hat die Farbe von Fenstern in der Nacht, am Boden des Glases sucht er nach der verschwommenen Erinnerung an mein Haar

– schwarz?
– braun?
– rötlich?
– er weiß es nicht mehr

er kann es sich aussuchen

Tamiel fährt fort »der Waisenjunge kann das Schamgefühl deiner Arbeiterinnen nicht verstehen, er sieht nicht, was schlecht daran ist, sie anzuschauen«

Bürgermeister Delorgue fragt sich, ob er sich auch abends rasieren sollte, wäre sein Gesicht auf Dauer weicher, wenn er es zweimal täglich glättet? wie kommt es, dass Kinder und Frauen Haut wie Seide haben, während seine so rau ist? Groll lässt nicht locker »diese Kuhgeschichte, das ist der Tropfen, der das Fass zum Überlaufen bringt; was machen wir mit Beaupré?«
Pierre Arquilyse, halb in seiner Träumerei, halb im Raum, sagt »heute war da eine Frau«, dann taucht er wieder in die goldbraunen Reflexionen seines Glases ab »es gibt eine Frau, die sich in rötlichen Schatten bewegt«

und so wartet also nun der Waisenjunge auf einem Zuber sitzend vor der Federei; er schwenkt seine großen Arme, seine Hände sind schwer, zwei Pendel; Tamiel macht ihm auf, er sagt »es ist in Ordnung, sie kann dich nehmen, aber du hörst auf sie«; nicht nötig, das zu betonen: natürlich wird er hören, armes, dummes Kind, er will gefallen, gefallen, gefallen; beim Eintreten legt er den Kopf schräg, um sich nicht an der Tür zu stoßen, nimmt sofort seine Kappe ab und kaut am Daumennagel; ich nehme seine große Pranke in meine, schätze ihre Stärke

– die Gefahr

da ist keine

– nimm trotzdem Maß

die Kraft, den Tonus

das hier ist ein wohlgenährter Mann: er hat breite, starke Hände, Arme, die wie geschaffen sind, um Holzblöcke hochzuheben und Lasten zu tragen

– man muss die Stirn anheben, das Gesicht zum Himmel richten, um seine Augen zu sehen

– heuchlerische Augen?

– sanfte Augen?

wenn er die richtigen Handgriffe lernt, würde er mir die Arbeit erleichtern

– kann er das?

ich werde sie ihm so lange wie nötig wiederholen

als Pierre Arquilyse
– Pierre, Pierre, Klein-Pierre
– weit weg vom kalten Bett seiner Frau
– Pierre, den zum ersten Mal der Gedanke, die Idee eines Körpers erhitzt

als Pierre Arquilyse von einem tanzenden Schatten hinter der Fensterscheibe sprach, rief Groll sofort aus »oh! meine Federfrau! sie ist überteuert, aber ihr Atem beim Küssen, der bringt dich zurück an den Anbeginn der Welt«; als der Bürgermeister von mir reden hörte, vergaß er, über seinen Bart zu streichen und richtete die Augen so weit gen Himmel, dass er die Abwesenheit Gottes hätte feststellen können
– schöne Scheinheiligkeit
– wo er doch der Erste ist, der die Federei aufsucht, sobald seine Frau auswärts Besuche abstattet
– und wie gerät er doch jedes Mal außer sich
– er hütet einen kleinen Geldbeutel unter einer Bodenlatte, sammelt Münzen, die man leicht aus den Augen verliert, Pfennige, die nach dem Einkaufen übrig sind, die in den Möbelschlitzen stecken, solche, die seine Frau geistesabwesend auf den Tisch legt, nachdem sie den Gärtner bezahlt hat
– all die Münzen, die er das Dienstmädchen zu stehlen bezichtigt
– er bringt sie in sein Versteck und zählt
– wie viele Minuten
– wie viel Haut

der Notar sagte nichts, er hatte geglaubt, dass Bluthaut den Leuten von unten gehörte, wie eine Art den Honoratioren vorenthaltener Schatz, und dass er der Einzige aus Oberkangoq gewesen war, der von ihr gewusst hatte
– als hätten seine Arbeiterabstammung und sein sozialer Aufstieg es ihm plötzlich erlaubt, zwischen den Welten hin- und herzuwechseln

– er, der alles verachtet, was hart schuftet, sich vor Arbeit zerreibt, er sollte der Einzige gewesen sein, der sich im Schaufenster der Federei verliert? wohl kaum

als Groll, aus allen Wolken gefallen, ihn fragte »du hast sie noch nie bezahlt, hast sie dir noch nie geleistet?«, fasste Pierre Arquilyse den Entschluss, keiner von denen zu sein, die zahlen: dicke Mauern errichteten sich um sein Herz, um seinen Körper, und er entschied unumstößlich, dass er nicht zu der Masse dieser anderen zählen würde: er, dem Tode treu, er, seiner Frau verpflichtet, würde niemals die Ehre verraten, die sie miteinander verband

– so viele Worte

– so viel Inbrunst

– wenn er wüsste, Klein-Pierre

während Tamiel seine Erklärung zu Ende führt, welche Wege ihn von der abgezehrten Kuh bis zu meiner Türschwelle geführt haben, ziehe ich den Beaupré-Waisenjungen vor die Hackbank; ich packe ein Bündel Gänseriche, die auf dem Boden ausgebreitet liegen, öffne die Flügel und prüfe Gefieder und Gesundheit des Viehs; Tamiel redet, es hat eine Konferenz gegeben

– er sagt »die Männer des Dorfs haben entschieden«
– er sagt »entweder er zieht hierher, oder man besorgt ihm eine Anstellung bei der *Kohle Co.* Mine im Norden«
– er hat die starken Schultern eines Bergarbeiters
– er könnte mühelos Kohle abbauen
– oder sogar in den Trümmern der Stollen festklemmende Männer rausziehen, wenn das Dynamit zu früh explodiert, falsch explodiert
– er ist ein starker Junge, er würde die unbarmherzigen Tage des Schuftens vielleicht überleben
– ach komm, er ist zwischen den Daunen und Röcken von dreihundert Frauen in der Groll-Manufaktur aufgewachsen, nicht einen Tag würde er in dieser Welt aus Stein und Lärm aushalten

der Arzt füllt die Stille und ich höre alle Stimmen, alle Argumente an; ich durchsteche die Schnäbel der Gänse mit der Ahle, das Horn kracht, ich schiebe den Haken hindurch: der Waisenjunge beobachtet mich, wie ich die Vögel Seite an Seite aufhänge

von dem Moment an sind diese beiden Augen überall in meinem Leben

– ohne Böswilligkeit
– ohne Bedrohung
– und doch zwei Augen
– auf jeder Geste, auf jedem Gast

kleine schwarze Schatten-Löcher

-II-

TEUFELSVIEH

im Februar schneit es, drinnen ist die Luft stickig und feucht; seit drei Tagen habe ich mir jede Haut der Begierde übergestreift: bald schelmisch, bald weibliche Festung, manchmal Riesin mit winzigen Federn in den Handflächen und später wild, so wild, dass ich dafür Namen bekommen habe, »meine Wilde, meine Wildkatze, meine Verwilderte«: ich lieh mir das schwarze Gewand eines Panthers und sprang, den Dschungel auf meinem Rücken

nun sind alle Zauber gefallen: Sulfurian, der schöne Teufel, schläft auf der Strohmatte, sein Körper ist entspannt, durch meine Fürsorge besänftigt

– sein Bauch, seine Schenkel und sein Hintern sind blass
– sein Gesicht, seine Arme und Hände sind dunkel, gebräunt
– wenn er jagt, trägt er Schichten von Mänteln und Jacken
– und was der Witterung ausgesetzt bleibt, das fressen die Winde an
– kältegegerbt

auf der Hackbank sind die Füchse endlich aufgetaut; sie waren starr und steif hier angekommen, noch verformt von den Drahtschlingen, aber die Tage in der Federei haben ihre Körper entspannt wie den des Trappers; ich fahre mit meiner vollen Hand, offene Handfläche, breite Finger, über ihre Flanke: der Pelz kräuselt sich zwischen meinen Gelenken: sie sind jetzt gut zum Abbalgen, weich und beweglich genug; ich hänge sie mit einem Bein an den Deckenhaken auf; von seinem Platz unter der Leiter flüstert Binouche Beaupré »schön zart«

– man sollte ihn näherkommen lassen

»komm«, bedeute ich ihm, »komm her«, und er verlässt das festgesteckte Territorium seiner Schlafstätte

– er ist groß
– sein Kopf streift die abhängenden Gänse
– als seien hundert Bräute drauf und dran, ihm in den Schädel zu picken

es hat so lange gedauert, bis er aufgehört hat, sich vor toten Dingen zu fürchten

– das ist die Schuld von Matrjoschka
– allezeit ohne Haut, die Kuh
– der große Nachtfluch verfolgt ihn noch immer

er musste seine Ängste, seine schlechten Angewohnheiten abbauen: zwei Monate Ködern und Zähmen, wiederholte Gesten, eine Mischung aus Sanftheit und Unnachgiebigkeit: mit dem Rupfen lernt der Waisenjunge Vertrauen; er weiß, dass an meiner Seite für Angst kein Platz ist

– es gibt auch nichts zu fürchten

Sulfurian im Bett schläft fest; Binouche unterdessen hat sich der Hackbank genähert: ich halte die erste Füchsin zwischen unsere beiden Gesichter, greife ihr freies Bein mit meiner Linken und halte das Häutemesser in der Rechten; der Waisenjunge hat mit Daumen und Zeigefinger einen Ring geformt, er glättet den Schwanz in Wuchsrichtung, »weich, weich«

– er macht dieselben Bewegungen an dem toten Schwanz, wie wenn er im Dunkeln sein Geschlecht streichelt
– ein recht lebhafter Schwanz, dieser andere

ich lasse ihn machen, er staubt das Tier ab, indem er es liebkost; ich halte das Bein fest in meiner Faust und spanne den Kadaver, enthülle seine Säugetierintimität: der Waisenjunge errötet, als er die angeschwollene, tote Vulva der Füchsin sieht; ich setze einen tiefen Schnitt in den Pelz, von einem Knöchel zum anderen, der rötlichen Linie des Fells folgend

– meide das Waidloch

das falbe Haarkleid und das weiße: ich führe die Klinge an der Stelle ein, wo beide zusammenfließen; zeige dem Waisenjungen, dass ein warmes Tier sich widerstandslos preisgibt; um den Balg freizumachen, muss man einmal ganz um die Beine herumschneiden, vier Reife schlitzen, gleich unterhalb der Knie, dort, wo das Fell schwarz wird; danach lässt sich die Haut von den Einschnitten an den Schienbeinen bis zum After abziehen;

– die erste Schwierigkeit ist der Schwanz

dünne Hautschichten verbinden den Darm mit den Schwanzwirbeln, sie müssen durchtrennt werden

– ohne Hast
– behutsam
– nur gerade das Gewebe lösen

dann den Knochen mit der Klemme greifen und in einem Zug abziehen, den rohen Kern in der einen Hand, das Haar in der anderen: das Wesen spaltet sich auf, es wird sein Fleisch und seine Haut

während ich das magere Fett um die Schamgegend abschneide, taucht eine Nase am Fenster auf

– es ist nicht Männerzeit

Lippen drücken sich gegen die Scheibe; zwei Halbfingerhandschuhe rahmen das Gesicht; ich schicke das Waisenkind, Philomène aufzumachen, die mit zusehen will, die die Pelze anschauen will, die Handhabung der Klinge und

– vor allem

den ermatteten Körper des Jägers

– den dunkelhäutigen
– sie will den Männerpo sehen, der wie frische Brotlaibe aussieht
– warmes Brot, das gut aufgegangen ist
– das unanständige Kind, sie will es sehen
– die Kraft der Arme und die Narben

– die Gewalt, die der Wald dem Körper eintätowiert
– die großen weißen Rillen auf der Brustmuskulatur, den Plexus

der Jäger ist vom Leben gezeichnet, so wie jedermann

– aber Philomène will es sehen
– sie kennt ja noch nichts anderes als die Suppe, die zum Spülbeckengrund hinunterrinnt
– die Geschichte der Striemen und Muskeln kann sie sich selbst ausdenken

sie beobachtet mit großen Augen, wie der Jäger sich umdreht

das Laken verliert sich unter ihm, nun bietet er seine Nacktheit im Schlaf vollständig dar, sein Glied liegt auf dem rechten Schenkel, abgekühlt, entspannt: Philomène erblickt, was sie wollte, sie drückt sich gegen den Waisenjungen, während ich der Füchsin sachte den Pelz abziehe, von der Flanke bis zur Kehle, eine Hand fest um die Schwanzwurzel, die andere an der Haut des Hinterleibs

– verrücktes kleines Tierchen

Philomène ist völlig vertieft, sie berührt die Tierkörper auf dem Tisch und ihre Finger wandern von den leblosen Bäuchen zu ihrem; ihre Atmung verlangsamt sich; sie schwebt in einer Art Halbschlaf, von allen Dingen losgelöst, außer der Idee ihres animalischen Atems und des Jägeratems auf ihr

– der Waisenjunge betrachtet sie
– sie betrachtet Sulfurian
– aber der große Teufel erwacht halbwegs und sieht, wenn überhaupt, auf die Hände, die mit Präzision Klingen führen, Haut abziehen und in der Lage sind, ein jedes Wesen zu entblößen
– jede Seele

einzig ich selbst bin auf meine Arbeit konzentriert: ich löse eine Fettfaser nach der anderen unter der Achselhöhle; das ist nicht viel anders als Sticken, nur dass die Gewebe eher getrennt als verbunden werden müssen: die Kunst der Toten und die der Wäsche erfordern Gesten gleicher Sorgfalt

der Jäger hat sich im Bett aufgesetzt; er sammelt die um sich verstreuten Kleidungsstücke ein, Unterhose, Strümpfe: er weiß, dass das Vergnügen so lange dauert, wie die Füchse auftauen: jeden Februar ist es derselbe Tanz; er deponiert seine Tiere auf der Hackbank, schnappt mit einer Hand meinen Kiefer, mit der anderen mein Becken und stößt mich auf das Lager, jedes Jahr ist die Strohmatte dicker, vollgestopft mit den neuen Federn des Herbstes

– er bezahlt Haut mit Häuten

fünf Füchse gegen meine, solange, wie die Kadaver brauchen, um aufzuwärmen: die kostbaren Pelzwaren häufen sich in der Vorratstruhe; ich kenne fünf Mädchen, alles verrückte Kinder, die sich mit diesen Fellen aus dem Elend befreien; ich tausche ihnen die Pelzwaren gegen ein paar goldene Haare ein

– lang, lang fließt die Mähne der Schwestern Siu, von ihren Ohren bis zu den Knien

wenn sie wissen, dass der Jäger gegangen ist, tauchen die fünf Schwestern auf: nacheinander setzen sie sich auf die Bank und neigen ihren blonden Kopf über die Schüssel; sie schnattern leise, manchmal miteinander und manchmal jede für sich; vor der Feuerstelle kauernd sehen sie alle gleich aus: mehr nach Füchsin noch als meine Tierhäute

– schöne große Urgewalten, wild und schmutzig

ich bürste ihre Köpfe; der Schaumduft übertüncht den des Bluts; die Mädchen lecken sich die Wangen, wenn Seife über ihr Gesicht rinnt; kräftig massiere ich ihnen die Kopfhaut

– und entwirre

– und kämme

– und hechle aus

wenn ihr Schopf zu seinem alten Glanz zurückfindet, ziehe ich zwanzig Goldfäden daraus hervor

– hol die Silberschere
– schneide an der Wurzel
– eines nach dem anderen, jedes Haar ein ausgewähltes
ich tausche ein Fuchsfell pro Kopf gegen jeweils nur zwanzig abgeschnittene Haare: diese Mähnen, das sind jungfräuliche, unbändige Wälder, aus deren Ressourcen man nur soweit nötig schöpfen darf; ich wickle die Goldfäden auf Holzspulen, fünf Goldtöne auf ebenso viele Spindeln: später werde ich Federn sticken, die entlang einer Korsage aus rotbrauner Seide das Licht zurückwerfen
fürs Erste zieht sich in der Federei der Jäger wieder an, wie in einem eigens für Philomène gesungenen Kinderreim
– Wolf, Wolf, wo bist du, was machst du?
– er zieht die Hose hoch
– er schließt den Hosenbund
ich löse den Balg vom Maul und vom Schädel der Füchsin; ein Marienkäfer lässt sich auf dem Arm des Waisenkindes nieder
– Wolf, Wolf, was machst du?
– er knöpft sein Hemd zu
– er wickelt sich den Schal um
ich aase den Balg: Verwachsungen, Fett- und Fleischreste, die noch an der Haut kleben, müssen abgeschabt werden
– der Wolf schließt den Mantel über seiner Kehle
– er schlüpft in die Stiefel
ich halte die nach außen gewendete Hülle des Tieres in die Luft, seinen umgekehrten Pelz; mit der freien Hand muss ich jetzt das Fellmaul fassen und es an den Organen entlangführen: indem ich ihr Pelzkleid wende, gebiert die Füchsin sich selbst
– eine beherzte Geste
– und da, der Pelz erblickt das Licht
– der Jäger macht die Tür auf
die warme Luft füllt sich mit Dampf und Schnee; schon ist Sulfurian nur noch ein sich entfernender Schatten im Nachmittag

– all dieses blendende Licht draußen
er zieht seinen Hut tiefer über die Augen und hebt ein letztes Mal sein Kinn in meine Richtung, die ich ihn auf dem Absatz kehrtmachen heiße, genauso leicht, wie ich Fuchshäute umkehre

Pierre Arquilyse, für einige Stunden von seinen Notarspflichten befreit, blickt an seinen Töchtern vorbei ins Leere; sie spielen vor ihm: sie haben die Schuhe ihrer Mutter und den unechten Schmuck herausgeholt; die Jüngste herzt eine Puppe mit schwarzen, sehr weichen Haaren, die die Großmutter ihr gerade aus der Cité mitgebracht hat

– noch so ein Püppchen aus dem Grauen Viertel

Pierre nennt sie Fluchpuppen

– wegen ihrer violetten Augen und der Kleidung, die in der Stadt den zu früh gestorbenen Säuglingen vom Rücken gerissen wurde, um diese Porzellankörper einzukleiden

die Kleine hat natürlich keine Ahnung; sie frisiert das schwarze Haar

– glätte, glätte meine Mähne, schönes Kind
– kämme, flechte, pflege meine Verkommenheit
– die Händler in der Stadt sagen nicht, dass die Haare auf gerade solchen jungen Schädeln wie euren gezüchtet worden sind
– schöne Bedürftige, die nichts anderes tun, als da zu sein, Haar und Körper frei verfügbar
– eingesperrt in grauen Räumen, zu fünfzehnt, zwanzigst
– zu viele Puppen, zu wenig Mädchen
– Hehlerei mit Jugendlichen ist kein Problem von hier
– ein Stadtproblem, das die Kinder nicht betrifft
– und auch ihre Großmutter nicht, die Geschenke kauft, und dafür an Münzen rollen lässt, was eben nötig ist

der Notar allerdings weiß es: er erinnert sich an seine Studienjahre, an das abgeschlossene, furchteinflößende Zimmer, wohin die Kameraden ihn eines Abends führten; er hat die kahlen, stöhnenden Mädchen auf der Erde nicht vergessen, die ihre Sirenenarme nach ihm ausstreckten und ihn zu sich, in die zu Boden geworfenen Stofflagen zogen, er erinnert sich an den Geruch

– Sperma, Urin, Erbrochenes und Schweiß, überdeckt vom schweren Gestank der Lilien und des Jasmins, die von der Decke hingen
– und der Duft dieses komischen Puders, das nach Rausch roch

die Mädchen krümmten sich am Boden, manche von ihnen noch kaum geschlechtsreif; der Chor ihrer Klagen, ihrer schallenden Ekstase klingt Pierre in den Ohren

– Pierre
– Klein-Pierre
– wirf mich hin
– unersättlicher Pierre
– Seiden-Pierre
– Klein-Pierre, wir werden nicht still sein

der infernalische Gesang hört niemals auf und noch immer schüttelt es ihn vor Entsetzen; wenn der Notar daran zurückdenkt, verspürt er weder Lust noch Freude noch Mitleid: es erwacht in ihm die nackte Angst vor dem verteufelten Land der Triebe

die Jüngste singt ihrem Spielzeug Wiegenlieder vor und Pierre fröstelt es; eines Morgens war im Zimmer der Fräulein eine der Sirenen tot aufgefunden worden, die Lippen blau, ertrunken im großen Untergang der Körper; Pierre erstickt in seinem gutbürgerlichen Salon; die leblosen Gegenstände um ihn herum beginnen, sich zu rühren: das Haus schließt sich, die Vorhangfalten verlängern sich, Beinchen wie von Krebsen bewegen die Zierbänder; der Notar muss ganz nah herankommen und zitternd den Stoff anheben, um sich zu vergewissern, dass darunter nichts als schön gerade Nähte sind, die sich mit den Jahren kaum gelöst haben; er wendet sich wieder zurück und um die Puppe herum scheint die Luft selbst zu wimmeln; die Kleine kämmt die schwarzen Strähnen; Pierre sieht wuselnde dunkle Flecken, er versucht, zu erkennen, was er da sieht, kneift die Augen zusammen, und da werden die Flecken zu Schaben, die aus dem Schädel anderer Schaben schlüpfen und schlüpfen und schlüpfen; er weiß natürlich, dass, wenn er die Hand ausstreckte, er sie nicht berühren könnte, aber verschwinden tun sie trotzdem nicht

– raus hier

– beißende Februarluft atmen

er taumelt zur Tür, sucht seinen Schal, wickelt ihn sich um den Hals und konzentriert sich auf den geschmeidigen Stoff; er geht hinaus, der Kopf dreht sich ihm, er läuft wankend, und bald, ohne bemerkt zu haben, welchen Weg er genommen hat, findet er sich in den Straßen des Unteren Viertels wieder: hier wachsen die Häuser krumm, sie wurden irgendwie zusammengeschustert, gesprungene Holzlatten halten die Arbeiter von Kangoq im Warmen; Pierre Arquilyse fehlen die Orientierungspunkte, er denkt »die Seide, die Seide, konzentrier dich auf die Seide«, wie der Arzt aus der Cité es ihm beigebracht hat; als er sich endlich beruhigt, rempelt ihn mein schöner Teufel an, der gerade mein Refugium verlässt

»Sulfurian, pass auf, wo du hintrittst, Freundchen!«

und schon entschwindet er in der Ferne, seine leere Umhängetasche auf dem Rücken; Pierre macht vor den Fenstern der Federei große Augen: obwohl er gestern, vorgestern und alle Abende zuvor fest entschlossen war, sich nicht mehr hierher zu verirren, ist er um die Ecke in das Gässchen eingebogen: seit zwei Monaten skizziert er morgens in Gedanken seine Tagesstrecken, er sinniert über den besten Weg von einem Klienten zum nächsten; er versichert sich, dass er nicht die kleinen Straßen des Unteren Viertels wird nehmen müssen, plant seine Treffen so, dass er bei denjenigen Häusern zum Ende kommt, die am weitesten von der Federei entfernt liegen, schafft es, weder Zeit noch Entschuldigungen zu haben; und dennoch findet er sich jeden Abend vor meinem Fenster wieder, zur Badezeit

– es sind seine Füße, die von selbst laufen

– seine Augen, die schauen
– seine Hand, die sich in das Beinkleid schiebt
– schöne Geschichte, so ein Körper, der sich gegen den eigenen Willen bewegt

im Augenblick badet Kangoq in der Sonne und der Notar denkt bei sich »ich bin außer Gefahr, mitten im Licht«; etwas Heiteres durchbricht den Winter, die Luft riecht nach Frühling, Pferd und Ofenrauch; Wasser tropft von den Dächern

– es ist zu früh

»zu früh«, denkt auch Pierre, aber jedermann weiß, dass das mildere Februarwetter nicht anhält: zwei Monate dauert es noch

– bestenfalls

zwei Monate Schnee, bevor die Gänse auf unserer Erde Rast machen

als der Notar sich der Federei nähert, setzt sich ein Marienkäfer auf seinen Seidenschal, bald gesellt sich ein zweiter dazu; Pierre verjagt sie geistesabwesend und sie fallen in den Schnee, zwei ins Weiß gesunkene Blutstropfen

– schau, wie er die Augen schließt
– sie wieder öffnet
– schließt
– und nochmal

er versucht, mit geschlossenen Lidern zu Atem zu kommen

– hör unseren Gesang, Klein-Pierre
– ertrink mit uns

Pierre denkt an die Bewegung des Satins, wenn Frauen die Schneiderei verließen, an das Singen ihrer Absatzschuhe auf der engen Treppe

– denk an das fette, dicke Rouge auf unseren Lippen
– und auf deinen
– Purpur, Inkarnat, Koralle, Zinnober
– all die erdenklichen Rottöne

er macht die Augen wieder auf; Marienkäfer wimmeln zu Tausenden an den Wänden der Federei, wandelnde Blutspritzer, sie überdecken das krumme Holz und weiten sich wie eine Wunde über die benachbarten Fassaden aus

– je mehr er schaut, desto mehr gibt es von ihnen

sie heben sich gegen das Schaufenster ab, Pierre zieht seine Hand tief in den Ärmel zurück und wischt mit seinem Unterarm das Fenster frei: die Insekten fallen auf seine Schuhe, rieseln zu Boden, dann steigen sie in einer Wolke rund um sein Gesicht empor

auf der anderen Seite der Fensterkacheln sind zwei junge Menschen halbnackt und blutverschmiert; Pierre vernimmt die Stimme des Predigers Hénoch »Adam und Eva töten das Sühneopfer, das Lamm ihres Gottvaters«, der Notar schaut, fast scheint es, als entstünden die Marienkäfer direkt auf der Haut der zwei Jugendlichen; eben erst Mann und gerade so Frau werfen sie ihren Kopf zurück und lachen

– ihre Zähne strahlen: wie Perlen
– Bluthaut herrscht in ihrem makellosen Gewand über das Gemetzel

Pierre Arquilyse sieht durch das Blut hindurch nichts mehr als diese weißen Blitze, seine Augen trüben sich, dann trübt sich sein Atem: er hat die Kunst des Atmens verlernt; er erstickt und fällt schlaff gegen die Scheibe, alle Aufregung bricht plötzlich in sich zusammen mein schöner Teufel hat die Luft aufgewirbelt und in seinem Sog schweben noch Flaumfedern, doch der Staub legt sich wieder; Wind hat die Tür zugeschlagen und der Knall holt Philomène aus ihren Träumereien; plötzlich bemerkt sie die Nähe der breiten Hände des Waisenjungen: widersprüchliche Empfindungen ziehen ihren Körper weg von den Fingern des Beaupré-Jungen und zugleich möglichst dicht zu seinen Handflächen hin; er steht wie erstarrt da, gefesselt zwischen seinen zwei Ängsten

– den Kadavern
– dem jungen Mädchen

ich greife einen zweiten Fuchs, steige auf den Stuhl und hänge ihn an den Haken; eindeutig männlich, dieser hier, er bietet seine ganze Männlichkeit offen dar, während ich seine Schenkel öffne und wie zuvor das Fellkleid an der Schnittstelle der Konterschattierung und des weißen Bauchfells aufschneide; ich will, dass die jungen Leute zusehen, dass sie den richtigen Bewegungsablauf lernen, denn andernfalls bleiben sie ewig lästige Phantome

ich beginne von Neuem: aufspreizen, durchtrennen, abziehen; drei Tiere gehen auf diese Art durch meine Hände, bevor ich die Kleinen bitte, ihre saubere Kleidung auszuziehen und sie auf dem Stuhl beim Ofen zusammenzulegen; ich habe nicht genug Kittel für alle; es müssten neue hergestellt werden, aber ich habe keine Lust, Stoffe, Garn und Zeit zu verschwenden, um Körper zu schützen, die ebenso gut nackt sein können

sie legen das ab, was sie bedeckt, jeder an einem Ende des Raums, und spähen über die Schulter nach der Silhouette des anderen; sobald der erste einen Blick wagt, wendet sich der zweite ab und umgekehrt, bald hat Philomène alles aufgeschnürt, was es an Bändern in ihrer Wäsche gab, der Waisenjunge wird mit dem letzten Knopf seines Hemds fertig, und schließlich rufe ich sie in die Mitte der Federei zurück

– wie sie sich ansehen
– sie lesen die durch die Transparenz ihrer Unterwäsche enthüllten Körperformen

ich werfe ein paar Holzscheite in den Ofen; die Luft wird heiß und dicht; schließlich halte ich Philomène das spitze Messer hin, sie fängt sich wieder, hebt die Stirn zum vierten Pelz an, streckt die Zunge heraus, gibt sich Mühe; sie zerteilt die Beinbänder und wird auch bei den Genitalien nicht schwach

– sie hat geschickte Finger, die Dämonin
– und behände Gesten
– und einen bedächtigen Körper

ruhig ist sie, ruhig, die Aufgabe besänftigt sie, all ihre Energie fließt in die Klinge; das Waisenkind löst nicht den Blick von ihr, wie sie haargenau meine Bewegungen, meine Grimassen wiederholt

– eine geborene Schlachterin
– sie kennt die Kunst der Imitation
– in etwas aufzugehen

beim fünften Pelz ermutigt sie den Waisenjungen »jetzt du, das kannst du auch«

– er ist nicht in der Lage
– das braucht man ihm nicht zu sagen
– er weiß es

gleich mit dem ersten Schnitt durchtrennt er die Oberschenkelarterie und schon verschmutzt das schöne Fell

– reiß dich zusammen, Junge
– das Blut tropft
– damit hat er nicht gerechnet
– mit dem Blut
– auf den anderen Füchsen war keins gewesen

er hat vergessen, dass die Körper lebendig gewesen sind, bevor sie an der Decke der Federei aufgehängt wurden

– ein Herz, das schlägt
– Blut, das im Fleisch zirkuliert

Binouche zittert, doch Philomène beteuert »das macht doch nichts, schau, wenn ich erst in die Kehle schneide, wird es noch viel schlimmer«; sie durchschneidet die Halsschlagader und lacht, die Angst des Waisenjungen verwirrt sie deutlich stärker als der rote Regen, der ihnen beiden über die Gesichter rinnt, sie lacht laut, damit die Euphorie auch den Waisenjungen mitreißt; aber der bleibt, wo er ist, aufgepflanzt zwischen Schluchzern und Freude

– das Mädchen weiß damit umzugehen
– ihr rasselndes Lachen

das Gesicht des Waisenjungen ist verschmutzt

– eine Säugetiertaufe

und mit beiden Händen wischt Philomène ihm die Augen aus

– Taubenhände auf seiner Männerhaut
– die Freude schwillt so plötzlich in ihm an, dass er sich beugt
– Bauchorigami

sein tiefes Lachen reißt die Gänsekörper mit, die Flammen, mein eigenes Lachen, meinen Bauch, meine Freude: die Federei quillt über, es ist heiß, vor mir zwei wilde, exaltierte Dinger; ich steige auf einen Stuhl und hänge das Tier ab

– ein paar Blutstropfen haben den Fußboden besudelt
– und die Wände, und die Möbel
– ist das nicht der Notar, der da auf der anderen Seite des Schaufensters erstickt und zusammenbricht

ich seufze: dieser Tag ist lang von Männern, die zwischen ihrer Lust und ihrer Angst hin- und herwanken schließlich ist es Madame Gattin, die, im Gegenlicht stehend, Pierre Arquilyse aufweckt, der bewusstlos in meinen Laken liegt

Madame Gattin: sie hat einen Namen

– den benutzt er schon lange nicht mehr
– hat er ihn überhaupt je schon ausgesprochen?
– er nannte sie schon »seine Zukünftige« lange vor der Kirche, dem neuen und ewigen Bund, dem weißen Kleid
– alles Erinnerungen, die er hasst
– zum Hochzeitsfest trug sie dieses Kleid voller rosa Schleifchen, die ihr über die Hüfte fielen
– einen Namen hat sie trotzdem

Victoire Arquilyse: sie braucht sich nicht herunterzubeugen und auch nicht den Mund aufzumachen: der Notar erwacht vom Anblick ihres herrischen, steifen Schattens, der von der kleinen Lichtinsel bis zum Halbdunkel der Laken reicht

sein Spiel mit den Augenlidern dauert ein Weilchen an: er öffnet die Augen halb, gerade genug, um vorsichtig zu ergründen, wo er sich befindet, dann schließt er sie wieder

– vor allem, damit da nichts zum Vorschein kommen kann

öffnet sie nochmal zur Hälfte und sieht von weitem im Schein der Lampen, dass ich zwischen meinen Gänsen sitze; meine Schürzen über den Röcken und dem bestickten Mieder

– die erste beschützt die zweite
– die zweite deckt die dritte

weder Blut noch weiß blitzende Klöppelspitze oder Zähne sind in der Federei zu sehen; Adam und Eva baden nicht mehr in den Säften eines satanischen Rituals: mir gegenüber sitzt Tamiel, der Arztkoffer zu seinen Füßen ist noch geöffnet; ich habe Getränke in Tonbechern serviert und auf dem Feuer köchelt das Ragout: Binouche Beaupré hockt neben den Flammen und rührt das Gemisch, damit es nicht anhaftet

– undeutlich sieht Pierre all diese Einzelheiten

der Abend bricht herein, der Notar ruht in den Düften des Jägers, die Laken sind zerknittert und schmutzig: der Waisenjunge hat ihn, nachdem er gegen das Schaufenster gesunken war, über der Schulter hereingetragen und auf die Schlafstätte geworfen; jetzt erwacht Pierre und sein Gedächtnis kehrt verschwommen zurück; er hört die Stimmen der Sirenen

– Pierre

– Klein-Pierre, du gehörst uns

– Pierre ohne Zuflucht

– Klein-Pierre ohne Mut

ein Marienkäfer spaziert über seine Hand: er vertreibt ihn, vom Opium halb entrückt, und schläft wieder ein; die Arzneien von Tamiel zeigen Wirkung; Victoire in ihrer Herrlichkeit ignoriert Federfrauen und junge Leute, ihr ganzer Körper fühlt sich zum Doktor hingezogen; die Luft in der Federei riecht nach gekochtem Fleisch und Rauch

Victoire Arquilyse hätte den Arzt heiraten wollen

auf dem jährlichen Fest, das in der Scheune der Nalbés ausgerichtet wird, hatte sie lange Zeit gehofft, dass er sie zum Tanz auffordern würde; sie war siebzehn Jahre alt gewesen, er einundzwanzig, er verkehrte in der Familie und brachte aus der Cité Bonbons mit

– die besseren

– die von Emessias

– mit dem hübschen Logo *Messias der Süßwaren*, das in Goldlettern auf das purpurne Bonbonpapier gedruckt war

und außerdem eine Haarnadel und ein Band für Victoire, die zwischen ihren Eltern rosige Wangen bekam

– das kleine pausbäckige, kastanienbraune Ding

– das nach Belieben errötete

– der falschen Bescheidenheit so verfallen wie andere der Musik

sie hatte sich für den Tanz bereitgemacht, wie man sich auf seine Verlobung vorbereitet: Pierres Mutter

– die völlig gebeugte Adèle

– Wunder vollbringende Adèle

hatte ihr das malvenfarbene Kleid angefertigt, hatte Korsage, Träger und Puffärmel angepasst und wiederangepasst; Victoire bekam die Erlaubnis, die kostbare Schminke ihrer Mutter zu benutzen und das Rosenwasser, um ihren Hals zu parfümieren; ihr Vater hatte ihr ein Perlencollier geschenkt

– ihr erster Frauenschmuck

auf dass dieser Abend schon im Voraus voll märchenhafter Anmut wäre

als sie den Wagen von Tamiel vorfahren sah, hatte sie sich hinter ihrem Fächer versteckt und mit den Wimpern geflattert; als Sitze dienten Strohballen und das Orchester spielte einen vergnügten Walzer; Tamiel durchbrach das Dämmerlicht, indem er mit dem Fuß die Türen aufstieß; er trug Cora-Mance in seinen Armen

– Cora, die Gelähmte
– an die Einsamkeit versprochen
– an die Pflegeanstalt
er hob sie mit größter Vorsicht hoch, zärtlich
– eine Königin
und auf einmal stellte sich heraus, dass sie schön war, strahlend und stolz
– alles Eigenschaften, die man sonst kaum mit ihr verband
– man hatte sie sich immer resigniert vorgestellt
– schmächtig
– in ihrem Rollstuhl zur Bewegungslosigkeit verurteilt
ihre zierlichen Hände waren um Tamiels Hals geschlungen, die Erde berührte sie nicht mehr; ein hellblaues Satinband, das in Victoires Haar geknüpft war, juckte sie nun zum aus der Haut fahren; sie fühlte ihr Herz stehenbleiben und alle ihre Gliedmaßen in sich zusammensinken, einzig die Korsage hielt sie noch aufrecht
– die, und der Stolz
– nicht den Stolz verschweigen
– diese Eisenstange, die Victoire auch dann schön gerade hält, als ihr Mann zwanzig Jahre später auf dem Lager der Dorfhure schläft, während Tamiel ganz in der Nähe in seiner Tasche wühlt
– seine schönen, schlanken Hände haben sich nicht verändert
– wie auch seine runde Stimme, als er Pierre Laudanum verschreibt
– Pierre, ihrem Mann
– dem erbärmlichen Pierre
– der Schmach
– all diese Schmach der Victoire im steifen Hochmut ihres Rückens
– ihres Kiefers
– ihrer Stirn

in Nalbés Scheune hatte sie überlegt, den Ball versteckt hinter dem Schatten ihres Fächers zu verlassen, doch sie hatte Pierre entdeckt, den einzigen anderen Jungen, den sie kannte, Sohn einer Arbeiterin, reizvoll gekleidet; er hatte trotz seiner Herkunft etwas Weibliches, Geziertes an sich und war dünner als Tamiel mit seinen runden Lippen und Wimpern
ihm hatte sie sich zugewendet, in all ihrer Herrlichkeit

– Pierre, den gegenwärtig das Opium niederstreckt
– der nicht in der Lage ist, allein aufzustehen
– ihr Ehemann aus lauter Stolz
– Ehemann als Strafe

jeden Abend geht Tamiel spazieren; im Anschluss an seinen Besuch beim Bürgermeister oder nach der Versorgung der letzten Patienten; er läuft durch die tiefe Stille des Dorfs, eingelullt von der Nacht und getragen von seiner Müdigkeit, der Bewegung des Gehens an sich überlassen

– sein schöner Körper ausgelaugt
– fünfzehn Patientinnen pro Tag, dazu all die Schritte, die dazwischen liegen
– er muss sich der Schmerzen und Ängste annehmen
– der Einsamkeit
– die Krankheiten seiner Patientinnen sind selten körperlich
– und dennoch leiden sie
– schwer, schwer, schwer lastet Kangoq auf unseren allzu großen Häusern
– zu laut, zu leer
– und dann sind da noch all die anderen Kranken
– Kinder, Verletzte, Sterbende
– und wie viele von denen müssen täglich mit Pflege bedacht werden?

nachts kommt es Tamiel so vor, als verforme sich der Boden, als würde er sich unter der Berührung seiner Stiefel auftun: seine Absätze prallen von den Pflastersteinen ab, der Schnee verleiht seinem Schritt Schwung, er dämpft seine Bewegungen, erleichtert sie; seit dem Tod seiner Frau – es sind gut sieben Jahre seitdem vergangen – könnte Tamiel stundenlang so laufen, ohne etwas von der Erschöpfung zu spüren, die ihn tagsüber heimsucht

– er läuft für zwei
– für sich selbst, vor allem aber für sie, die sich niemals nach eigenem Gutdünken fortbewegen konnte

die Nacht ist schon lange hereingebrochen, Tamiel zieht sich seinen Wollschal vors Gesicht und drückt den Hut tiefer in die Stirn; Schritt für Schritt geht er den Verlauf des Abends nochmal nach: gemeinsam mit dem Waisenjungen hat er seinen Freund Pierre nach Hause gebracht, sie haben ihn, einer bei den Schultern, einer an den Füßen, bis ins Gästezimmer gebracht

– Gast im eigenen Haus
– einstweilig Fremder im eigenen Ehebett

sie haben ihn entkleidet, die Kangoq-Daunen und die Steppdecke über ihn gezogen

– Pierre, Klein-Pierre, ertränkt zwischen unseren Sirenenstimmen
– verloren im Opium

als Binouche und der Arzt wieder herunterkamen, hatte Victoire ihr Kleid ausgezogen, unter ihrem Bademantel trug sie Unterröcke; rigoros schickte sie das Waisenkind zurück in die Federei und hielt Tamiel fest;

– gurrend, flüssig

der Arzt verschrieb ihr einen Mohntee, um die Aufregungen des Tages zu vertreiben; er bereitete die Arznei in der Küche der Dienstmädchen zu, bemaß die Dosierung und schenkte das Dekokt aus, wobei die vielen Seufzer von Victoire zwischen ihnen anschwollen, als er es ihr servierte

– wie wäre sein Leben verlaufen, wenn er ohne Cora-Mance in die Nalbé-Scheune gekommen wäre?

die Hausangestellten waren im Bett, Victoire ließ die Ärmel ihres Bademantels von den Schultern gleiten und bat um Hilfe, um ihr Korsett zu lösen, bevor sie sich zu Bett begebe

– wie viele Male am Tag vollführt er genau diese Geste, bei wie vielen Frauen?

und nun ist er hier, im nächtlichen Gewirr der Straßen, er nimmt einen Umweg über die kleinen Pfade; die ausgetretenen Feldwege sind mit nassem Eis überzogen, Schneematsch dringt durch sein Stiefelleder und gefriert ihm an den Füßen, die bewaldeten Ackerrandstreifen sind vom Nebel verschluckt; Tamiel fröstelt

– das mildere Wetter ist schon vorüber, der Winter beansprucht wieder sein Recht auf das Land

während er in die Straßen des Unteren Viertels zurückfindet, hört der Arzt unter seinen Stiefeln ein Knirschen wie von Eis, das eine dünne Schicht Wasser verdeckt; er beugt sich vornüber, schaut von Näherem und entdeckt Tausende von Marienkäfern, die zu Boden fallen, kaum erwacht und schon wieder erstarrt; mit jedem Schritt zerdrückt er Duzende von ihnen, der rote Teppich kracht wie Knochen

– in Gedanken sieht er eine Frau auf allen Vieren
– sie wischt Blut auf
– die Haare fallen ihr ins Gesicht

es ist nicht Cora-Mance: denn die war eine Gefangene ihres Stuhls und dem Wohlwollen anderer, dem Tamiels, unterworfen, niemals hätte sie eine häusliche Aufgabe erledigen können

– die kauernde Frau schrubbt den Boden in ihren verschmutzten Schürzen
– in dem Laden wimmelt es sicher von Ratten
– die Frau wäscht Blut aus
– die Haare kleben ihr an der Stirn

Cora-Mance verharrte stundenlang mit überschlagenen Beinen in ihrem Stuhl, ohne sich vom Wohnzimmer in die Praxisräume bewegen zu können, und wenn Tamiel kam, trat er im Nimbus seiner Güte ein

– die Frau in seinem Kopf ist arm
– die Frau ist zerbrechlich
– die Frau wäscht zwischen Ratten und Männern Blut auf

er entkleidete Cora-Mance und schaute ihr zu, während sie sich erleichterte, dann wusch er sie sanft mit einem Schwamm, das Wasser befeuchtete ihren Körper, der sich mit einem Beben überzog, er ließ die Kälte sie beißen, tauchte den Schwamm zurück ins Warmwasserbecken und ging gemessenen Schrittes, um Handtücher und Kleider zu holen, dann streifte er seiner Frau eines nach dem anderen über die Schultern und schloss Knöpfe und Bänder

- die Frau in ihrem Lädchen schnürt sich ganz allein auf und zu

er trug sie bis zum Sessel, bis zum großen Federbett

- diese Frau schläft auf einer Strohschicht, die nach Sperma und Schweiß riecht
- die Frau schläft unter Männern und Ratten in ihrer blutigen Heimstatt

die Frau schläft freier, als Cora-Mance es je gewesen war, und das ist es an diesem Traum, was Tamiel irritiert, ohne dass er es benennen könnte

-III-

AHORN-BLUTSAFT

Mäuschen: so nennen sie ihre Eltern; Mäuschen-mein-Kleines, Mäuschen-liebes-Kind, Mäuschen-du-Träumerin

– Mäuschen, das vom Vater klein gehaltene Mädchen
– Mäuschen wird unerwartet zur Frau
– die Mädchen im Dorf verstecken sich zum Erwachsenwerden

der Verlobte, selbst recht ordinär, nennt sie vor den anderen bei ihrem Vornamen Déléanne, aber wenn er ihr ins Ohr flüstern kann, murmelt auch er Mäuschen

– Mäuschen-mein-Beben
– Mäuschen-ich-will-uns-Haut-an-Haut
– schnell heiraten, dass sie sich beißen, berühren, festhalten können

sie ist in die Federei eingetreten und hat sich auf einen der Schaukelstühle gesetzt

– die verzogen sind
– trotzdem schaukeln

ich betrachte sie von der Feuerstelle aus, ihre lockigen Zöpfe duften nach Blumen und der Ungepflegtheit von Heranwachsenden, ich sticke die blonden Haare der Siu-Schwestern auf mein Mieder, sie entfaltet ihr helles Leinentuch und zieht Garn ab, ich begutachte die unsichere Bewegung ihres Handgelenks, beobachte die verknoteten Stiche, die schlecht gestickten Initialen, sie zwirbelt die Seide zwischen den Fingern, bevor sie sie ins Nadelöhr einfädelt

– befeuchte sie mit Spucke, dann kleben die Fäden aneinander

– ihre Mutter hat ihr rein gar nichts beigebracht
– das wird Geduld erfordern
– Fingerspitzengefühl

Déléanne ist nicht die erste, die schüchtern fünf, sechs Mal gegen die Tür der Federei klopft, den Stickereibeutel unter dem Arm, die Augen auf ihre Schuhe geheftet
»es gibt da Dinge, die ich gern wissen möchte, meine Mutter sagt, dass Sie sie mir beibringen könnten«

– tritt ein, liebes Kind, tritt ein
– achte gar nicht auf die Federn
– die aufgestapelten Schädel
– auf das Wirrwarr aus Bettlaken

komm herein, ich kenne alles, was du noch zu entdecken hast
wie auch Déléanne schauen sie sich alle um: Fleisch hängt an der Decke ab, Spinnen weben Netze, die beim Wundverschluss helfen können, in den durchsichtigen Glaskrügen fermentieren Beeren, Schildläuse warten im Mörser darauf, dass sie an die Reihe kommen, die getrockneten Blumen sehen aus wie Küchenschaben, neben der Spindel quellen die Körbe über von Seidenkokons zum Spinnen und Rohwolle zum Kardieren

– was wir schon gleich mit der Ankunft wahrnehmen, haben die Männer bis zu ihrem Aufbruch noch nicht bemerkt

alle brauchen sie Zeit, um sich an den Fleischgeruch zu gewöhnen, um darunter den des Kräutertees auf dem Feuer wahrzunehmen, den der Hefe, des Fruchtalkohols; und dennoch, eines Tages treten sie ein, ohne vorher noch anzuklopfen

– Philomène vom ersten Tag an
– Déléanne aber ist noch nicht so weit
– junges, scheues Reh
– genau wie alle anderen

sie hat das Tuch auf ihren Rahmen gespannt und nimmt ihre Stickerei auf

– welch ein Werk, die Aussteuer!
– Stunden

– und Stunden
– Monate des Lebens

es sind Tage der Vorbereitung, sie sind nicht verloren, die Mädchen müssen ihre eigene Zukunft entwerfen können

– wie Säuglinge kommen sie hier an

jede von ihnen muss lernen, sich selbst zu erzeugen, bevor sie andere erzeugt

– ihr Körper knospt
– aber er muss aufhören, Blüten zu treiben
– damit er sich als Säugetier entfaltet

sie sortieren ihre Aussteuer gemäß dem Zeitpunkt der Anfertigung in die Tiefen einer großen Zedernholztruhe, die sie in ihr neues Heim tragen: ganz unten die Wäsche für den Alltag, Bettlaken, Waschlappen, gehäkelte Geschirrtücher, dann die Blusen, die in Hälften geschlitzten Beinkleider, Stallschürze, Küchenschürze, die drei Unterröcke, das Alltagskorsett, das feine Korsett, zwei Röcke für die Arbeit und einer für große Ereignisse, die drei Mieder, den Sommerschal, das Schultertuch, den Winterparka

– die Mutter näht den Mantel
– eine Art Erinnerung an die Wärme des Bauchs für diejenige, die ihn verlassen hat

sie sitzen Seite an Seite, die Mutter im Duft des Wollstoffs, die Tochter in dem der Baumwolle; beide denken an denselben Moment: wenn das junge Mädchen ihrerseits Lodenmäntel anfertigen wird für Töchter, die noch nicht einmal auf der Welt sind und schon an ihrer eigenen Aussteuer nähen, Glieder einer unendlichen Strickarbeit von Töchtern und Müttern und Töchtern

– wie viele, auf ein und demselben Rosenkranz aufgefädelte Generationen

und schließlich, obenauf im Koffer, das Kleid in seinem parfümierten Seidenpapier, das schöne weiße Kleid für die Hochzeit und für jede der Taufen

– plane es verstellbar, Kleine, dein Mutterbecken wird breiter sein als das Ehefrauenbecken

Déléanne steckt gerade erst in den Anfängen, sie hat hübsche Geschirrtücher gehäkelt, aber sie stellt sich beim Wirken geschickter an als beim Sticken

– ihre Hände zittern
– ganz ruhig, Mäuschen

ihre Nähte sind weder fein noch verzogen, sie betrachtet den Stoff, das Kinn gesenkt, hebt aber in einem fort ihre Augen, sie wirft flüchtige Blicke in die Runde, bemisst den Raum, die Bedrohung

– der Waisenjunge ist nicht da
– ist er es, der ihr Angst einjagt?
– die Federei ist es, ihre fleischlichen Gerüche
– die Gegenwart der Männer
– selbst noch in ihrer Abwesenheit bleibt ihr Begehren an den Wänden kleben

ich habe den Waisenjungen in den Wald geschickt

– er ist jetzt alt genug
– er kennt die Welt der Männer nicht
– war immer nur behütet, unter dem Schutz der Frauen
– damit er seiner rauen Seite begegnet, damit er lernt
– auch er wird alle Heimstätten verlassen müssen

in den Ahornplantagen im Süden Kangoqs geht der März auf die Kerbsaison zu: alle Männer kommen von den Holzfällerhütten herunter oder aus dem Dorf und den Fabriken herauf und treffen ihre Brüder am Waldesrand; es gibt kaum genug Winterstiefel, um die vielen Tagelöhner von einem Baum zum nächsten zu tragen: der Schnee ist nichts anderes als eine große schmelzende Falle; und doch wird jedes Jahr die Arbeit getan, die Bäume werden eingekerbt und der Sirup fließt, während Kangoq, seiner Männer entledigt, zum Reich der Bohème wird

– für drei abgezählte Tage
– drei Tage sind gar nichts

die Frauen misten ihr Haus aus

– ihren Körper, ihr Herz

und die Männer im Wald tun dasselbe: denn es gibt gesunde Abwesenheiten

dass Déléanne heute vor meiner Tür steht, geschieht nicht ohne Hintergedanken, ihre Mutter weiß, dass keine Kunden da sein werden, die den Zauber des Vertrauens, der Komplizenschaft stören könnten, deren Aufbau so lang braucht

– die Mütter wünschen, dass ihre Töchter in Männern unterrichtet werden, und zwar ohne die Männer
– sie wollen sie ihnen nicht hilflos gegenübertreten lassen, möchten aber selbst nichts preisgeben

ich kenne alles, was die Kleine lernen muss; ich warte, dass Friede einkehrt zwischen ihr und uns, wir sind zwei stille, vertiefte Schatten, sie schneidet ihren zu langen Faden ab, verheddert sich beim Sticken noch immer in zu viel Faser

– die Länge deines Unterarms, Mäuschen, nicht mehr

ihre Vorbehalte bleiben bestehen, während die Flocken nass auf die Fenster fallen; ich bringe ihr bei, Seide auf sich selbst zu knüpfen, um das Herz ihres Motivs zu stechen

im Gehölz
– hackt es
– bohrt es
– treibt Zapfrohre ins harte Fleisch der Ahorne
– denkt an üppiges Frauenfleisch

Tamiel folgt dem Rhythmus der Verletzungen auf den Körpern, die am Kerben sind
– nicht alle Männer kennen sich mit der Arbeit aus
– aufrechte Männer
– linkische Männer
– gemeinsam so ungeschickt wie der ungeschickteste unter ihnen

Groll, Bürgermeister Delorgue, Fraiteau: diejenigen, die auf die Gunst der kleinen Leute angewiesen sind, haben ein wenig zu trinken mitgebracht, Holzfässer mit etwas Stärkerem, mit Sommerwein, es geht darum, was leichter betrunken macht: dieses Jahr sorgt ein aus der Cité importiertes Bierfass für Aufsehen, in Kangoq kannte man noch keine sprudelnden Getränke, die Schaumkrone benetzt die Schnurrbärte, es wird laut gelacht und Tamiel behandelt idiotische Verletzungen
– Verletzungen aus Trunkenheit
– aus Unachtsamkeit

er wird an die primäre Funktion seines Berufs erinnert; keine sich langweilenden Frauen, sondern blutende Männer: er zieht erstere den zweiten vor, aber immerhin fühlt er sich nützlich: während er reinigt, vernäht und verbindet, schätzt er die Wirksamkeit seiner Handgriffe: eine gut versorgte Wunde heilt ab, wohingegen die Seelenschwankungen der Damen weder ertastbar noch erreichbar sind

mitten im Durcheinander rennt der Waisenjunge mit Tüllen und Schläuchen auf und ab, und die Männer rufen »jetzt komm bei, Bürschchen, ich wart hier nicht drauf, dass der Baum pisst, bis ich den Kessel drunterstelle«
– Binouche weiß nicht mehr, wo ihm der Kopf steht

– die Ahorne beginnen nicht sofort zu fließen
– Spaßmacher, die herumschreien: ein Lärmwettstreit, sonst nichts

bald gehen sie dazu über, von Frauen zu sprechen, und etwas später sagt ihr Mund »meine Frau«, in einer Mischung aus Stolz und Verlegenheit

– also meine …
– meine …
– ja, aber meine …

keine der Ehefrauen ähnelt mir, es geht um kleine, schamhafte Gefühlsregungen, gerade richtig für Nacht, Winterhaut und unter den Decken aufgeheizte Körper, das Bier schläfert ihr Schamgefühl ein, und was sie sich gegenseitig mit Halbworten offenbaren, was hinter Prahlerei und Protzgeschichten liegt, das ist Alltag, wie er sich in jeder der Baracken des Dorfs wiederholt

– ein Leben der kleinen Kümmernisse
– und kleinen Annehmlichkeiten

ich bin das Gegengewicht, ich ermögliche den Ausgleich, ein Besuch auf meinem Lager, und die Männer brechen heiter wieder auf; und bevor sie die Federei verlassen, durchwühlen sie meine Truhen und bezahlen neben der fleischlichen Zeit auch eine Winzigkeit für die Gattin

– ein Zuckerbrot
– eine Seife
– Perlmuttknöpfe
– einen Pelzbommel

sie gehen nach Hause: ihre stürmische Umarmung, ihre Gutmütigkeit verrät sie, am Abend werfen sie ihre Frauen ohne besondere Eile aufs Bett, achten auf die Zeichen der Lust, die Frauen verfangen sich in ihren Schenkeln und alles ist friedlich und aufgeräumt in Ober- und Unterkangoq

im Wald haben die Männer die Ahornbäume für diesen Tag fertig eingekerbt, sie trinken und atmen die weite Luft des

Waldes, die Luft des Möglichen, aber trotzdem kommen sie auf ihre Frau zurück

– mein Hintern hat diese kleine Rundung, die mein Mann in der hohlen Hand wiegt, er mag es, sie anzupacken, und ich mag es, wenn er die Wölbung nachfährt
– ich verändere die Stimme und bei meinem rauen Ton, meinen schmutzigen Worten schmilzt mein Mann dahin …
– also ich lasse Honig meinen Hals hinunterlaufen, und er leckt ihn bis zum Ohr auf …

Tamiel denkt an Cora-Mance

– selige Cora-Mance, die Zartgliedrige
– am Ende ihres Leidenswegs Gestorbene

er hat sie gewählt, sie, trotz all denen, die vor Liebe zu ihm vergingen

– gewählt
– umworben bis zur Erschöpfung

sie hatte, überzeugt von der Naturgegebenheit ihrer Einsamkeit, niemals an Heirat gedacht und hatte die Frage des Doktors nicht kommen sehen: sie blieb befangen, als er sein Knie zu Boden beugte, als er seinen Kopf gegen ihren Bauch presste, sich in die Schwärze, in ihre Röcke flüchtete

– einfach so dahinzuscheiden, an einer Krankheit, nach sieben Jahren Pflege
– vielleicht wähnte sie sich außer Gefahr, in den guten Händen des Arztes
– gestorben ist sie trotzdem
– unbeweglich in ihrem Stuhl
– zusammengebrochen in ihrem Auswurf, ihrem Blut

Tamiel lauscht den Männern, die von den Banalitäten der Abende neben ihrer Frau erzählen, und Wehmut überkommt ihn; wie jedes Mal konzentriert er sich auf die Bewegung seiner Hände: einen steifen Faden einfädeln, mit der Nadel ins Fleisch einstechen, die beiden Lippen der Verletzung zusammenziehen, die Stiche oberhalb der Haut verknoten: um sich zu bedanken, bringen die Verstümmelten ihm Bier und milden Wein, anfangs leert er die Gläser in den Schnee, doch bald siegen feuchte Kälte und Langeweile; er trinkt, und die Verletzungen doppeln sich

irgendwo im Rausch erkennt er in seinen Nähten die Stickereien wieder, an denen er mich arbeiten sieht, wenn er unangekündigt in die Federei kommt; dann ist der Tag noch nicht vorüber und ich sitze am Feuer, pflege meine Wäsche

– weise

weise

– schön

schön

– und ohne Sünde

sorgsam, konzentriert

er tritt ein, verdreht den Kopf in alle Richtungen auf der Suche nach einem Teufel, den er nicht findet; ich räume meine Arbeit zur Seite und ziehe ihn ein wenig auf wegen seiner Befürchtungen, gehe zu ihm hinüber, lege mein Handgelenk selbst in seine Hand und warte, dass er mich fasst, dass er seine Faust um meinen Arm schließt, wie ein Säugling einen Finger umklammert, mein Kinn hocherhoben und meine Kleider in Unordnung, ich spiele mit den Augen

– diese Provokation
– dieses Verlangen
– Tamiel ist den Umgang mit Frauen gewohnt, die mit den Lidern flattern und ihn nur halb ansehen

aber ich schaue ihn geradeheraus an, fixiere ihn vollständig, »nimm dir« sagt mein Gesicht, und der Arzt in seiner Begierde bleibt mit meinem Handgelenk in seiner Faust regungslos stehen, also rolle ich mit der anderen Hand sein Hemd auf, von der Hose bis zu seinem Herz, ich halte ihn, bis er mich packt, ich ziehe ihn zu meinem Becken und stoße ihn weg, in einer einzigen Bewegung, und alles, was zwischen uns existiert, liegt in dieser Spannung

– nimm mich, so weise ich dich ab

jeder fleischliche Kampf erscheint ihm ungehörig, bisher hat er nur zu liebkosen, zu massieren, zu umhüllen gewusst, ich ziehe ihn zum Lager und drücke seine Hand auf meine Kehle, ich wecke Regungen in ihm, von denen er nichts wusste

– er entdeckt das Berühren von Kurven
– Fleisch in vollen Händen
– vollem Mund
– genug Körper, um ein ganzes Leben mit Appetit zu füttern

vor allem entdeckt er die Vehemenz seiner Lust

im Wald werden seine Nähte schief; zwischen Patienten, Trunkenheit und Männern sagt einer

»diese Durchtriebene, ihr Mund, ihre Brüste, das kostenlose Spektakel mit ihren Kleidern am Abend … was liebe ich den Winter, wenn es früh dunkel wird und eine Ausrede leicht ist, vor ihrem Schaufenster vorbeizugehen ist nichts Böses, eigentlich nicht einmal der Rede wert«

die Ahornbäume laufen noch nicht, Tamiel flickt Haut, ich flicke mein Mieder; die kleine Déléanne vor mir lauscht der Geschichte vom schlafenden Wolf

tief in den Wäldern beschließt der Arzt, seine Witwerschaft zu verlassen

– nimm mich, so weise ich dich ab

jedes der Mädchen, die bei mir aufschlagen, frage ich »und wenn der Wolf ...«
ich betone nicht die Bedrohung, nur den Drang, den Impuls des Springens
– ein Wollen
sie versuchen, sich die Fangzähne vorzustellen, ein Knurren, den heißen Atem am Hals, sich ein Bild von dieser Kreuzung aus Mensch und schwarzem Hund zu machen, sie kennen keine Wölfe außer denen, die in den Märchenbüchern Latzhosen tragen
ich frage »und wenn der Wolf?«
– sie sind noch ganz jung
– mit ihren handbreiten Zöpfen und den Locken, die sich um ihr Gesicht kräuseln
– sie schüren imaginäre Gefahren
»und wenn der Wolf«: dann schützen sie sich, aber was mich interessiert, ist ihre Körperhaltung, die Bewegung ihrer Arme; Philomène verschränkt sie vor sich, versteckt ihr Herz hinter geschlossenen Fäusten, sie krümmt sich in eine Position der Verteidigung und des Angriffs zugleich; Déléanne kauert sich eher zusammen, bietet ihren Rücken dar, verdeckt ihren Hals mit den Händen, verbirgt Ohren und Augen mit den Unterarmen, ihre Ellenbogen treffen vor der Nase aufeinander, ihre Knie liegen flach gegen den Bauch: ein wenig erfahre ich schon über die Gestalt, die ihr Lustgefühl annehmen wird, und davon ausgehend lehre ich sie: Frauen haben nicht alle dieselben körperlichen Impulse
– ich, ich mag den Gegenangriff, ich will selbst Wölfin sein und springen, in die Kehle beißen, mit meinem Mann spielen, wie eine Katze die Spitzmaus werfen und wieder fangen
– also ich will so etwas nicht, einen Wolf, mit solchen Kreaturen wüsste ich nichts anzufangen, ich bin keine Hündin

- ich will nur genug Erregung, um mir vorzustellen, ich wäre mitten im Märchen

sie werden von etwas Elementarem geleitet; ein Trieb, der viel weiter zurücklangt als Männer, Geschlecht oder Begehren

Victoire hat ihren Ehemann
– Pierre, Klein-Pierre

gezwungen, sich der Arbeit der Männer anzuschließen, ihn, der sich sonst nie unter sie mischt, »geh die angebohrten Stämme zählen, liste die Arbeitsstunden auf, mach, was du willst, aber geh raus, halte dich an deinesgleichen, geh das Tauwetter im Unterholz atmen«

die Ahornplantage ist für ihn das Ende der Welt: der Wald, der sich dahinter erstreckt, gleicht den auf früheren Karten eingezeichneten Kliffen und Steilküsten, die die bekannte Welt umgaben, an denen das Territorium abbrach, und alles jenseits davon verschlang ein Strom aus Monstern und Taumel; Pierre hasst das Gehölz, er verabscheut die kratzende Wolle, die man dort tragen muss, die Stiefel, die innen immer nass sind, und die Gerüche, die im Filzschal haften bleiben

– den eigenen gefrorenen Atem spüren
– den im Stoff festgewordenen Nasenschleim
– den Dampf einatmen, den die anderen ausspucken

er hat sich ans Kopfende eines Tisches in der Holzhütte gesetzt

– es ist kalt
– es stinkt nach Mann
– der Stimmenlärm und die Stille der Bäume vertragen sich nicht gut

er hat sein Lastenheft hervorgeholt, die Transaktionen sind einfach: jeder, der teilnimmt, erhält seine Siruprationen für ein Jahr, die Berechnung erfolgt nach Zapfrohren, fünfzig Einkerbungen gegen eine Gallone; zu Anfang wurde der Anteil an Tüllen noch gezählt, doch je mehr Stunden vergehen, desto mehr Verwirrung breitet sich aus: die Seiten des Notizbuchs füllen sich mit erratischen Runen: man muss die Zeit rumbringen und die Ängste auf Abstand halten, die durch den Schnee sickern

»diese Durchtriebene, ihr Mund, ihre Brüste«

wie auch Tamiel hört er den Männern zu, die meine lüsternen Momente preisen; er schließt die Augen und lässt die Worte

über sich hinwegrollen; so hat es ihm der Psychiater in der Cité geraten, als er seinen allerersten Anfall hatte, nachdem er über der kleinen blauen Ertrunkenen erwacht war, in dem Zimmer, in das man ihn hineingezogen hatte
dem Puppenzimmer
– kahle Mädchen
– betrunken, unter Drogen
– der Geruch des Puders
– der Geruch der Körper
– ich, das junge blaue Kind
– noch kaum geschlechtsreif, und schon tot unter einer Flut von Männern
»und ihre Bäder, ihre Bäder …«
»sie versteht sich darauf, Dampf zu machen, die Wildkatze«
»für die komplette Nummer muss man mit barer Münze zahlen«
Pierre zittert, versteift sich; um den Angstzuständen zu entkommen, denkt er an Samt, meterweise Samt von der Rolle; seine Mutter Adèle rafft den Stoff um das steife Taillenband, er zählt die Stecknadeln, die sie zwischen ihre Lippen geklemmt hält
– ab und zu träumt er, dass sich seine Mutter sticht und ein wenig blutet
– oder aber er träumt, dass eine Nadel von ganz allein zum Leben erwacht, dass sie den keifenden Mund der Adèle zunäht und die Lippen für immer versiegelt
– das passiert nicht
– in seinen Gedanken durchsticht die Mutter die dicken Stofflagen, nichts existiert mehr außer der silbernen Nadelspitze, die den fliederfarbenen Samt durchdringt und eine Körperform fixiert, selbst in Abwesenheit einer solchen
in der Zuckerhütte heben die Männer am Tisch ihre Stimmen und ziehen ihn gegen seinen Willen ins Gespräch

»du, Arquilyse, haste dich von deiner Frau erwischen lassen, oder was? warst doch auch einer von den Ständigen geworden«
»jaah, man sieht dich gar nicht mehr bei der Entkleidungsnummer, warum wohl?«
»und was machst du überhaupt hier? du hasst das Ganze doch, den Wald«
»ganz klar, hast dich von deiner Frau erwischen lassen, armer Alter«
in gewissen Situationen genügt die Idee von Samt nicht; Pierre sucht in seinem Beutel nach Laudanum, dem Opium, das jede Angst, jeden Zorn ermatten lässt, aber stattdessen stößt er auf die weiße Feder, die er gestohlen hat, als er in den Armen des Waisenjungen eine Ohnmacht vortäuschte, vor gut einem Monat

- Binouche trug ihn mühelos
- wie Pierre seine Töchter in ihre Betten trägt
- drei kleine Bräute
- sein schlaffer Arm hing herab
- taub
- unter seinen Fingern spürte er etwas Sanftes
- dachte an den Nacken von Bluthaut
- und schloss seine Faust um das, was er streifte, bevor er wieder im künstlichen Schlaf der Medikamente versank
- beim Erwachen hatte er die Feder vergessen
- sie war auf seine gefalteten Kleider gelegt wie auf einem Verkaufstisch
- weiß
- lang
- eine Erinnerung an das verbotene Lager

im Chaos der Ahornplantage legt er seine Hand über die Feder und erstarrt: sein ganzer Körper spannt sich an, er errötet und stottert, die Männer bleiben beharrlich
»bist dir zu fein für 'ne Dorfhure, ist es das?«

»in der Stadt wirste keine bessere finden, da wett' ich drauf«
der Arzt lauscht ganz entfernt

– er sagt »ich höre«, aber er hört nur, was er hören will
– schlechte Arztgewohnheit

etwas in Tamiel reißt; Eifersucht übermannt ihn, plötzlich stellt er sich vor, wie Pierre Victoire betrügt, und das auch noch auf meinem Lager, die Trunkenheit eröffnet dem Arzt ein neues Wutgefühl: Pierre stiehlt seinen Platz, in zwei Betten auf einmal; er weiß nicht, wo sein Zorn herkommt, als er sagt »ah, du verirrst dich in den Federn! darum also liebt deine Victoire meine Hände so sehr«

– wer im Dorf wüsste nicht, dass der Notar wegen einer Kränkung Ehemann geworden ist?

Philomène ist bei den Gänsen, Déléanne an ihrer Aussteuer; erstere hat zu viele Holzscheite in den Ofen gelegt: in der Federei erstickt man trotz der kalt über das Dorf hereinbrechenden Nacht; im Wald heulen die Männer den Mond an, ihre entfernten Schreie schwappen in die einsetzende Dämmerung herüber; die Mädchen und ich sprechen über wilde Tiere und zahme Tiere

– wenn du aus Angst vor dem Wolf sogar den Wachhund fürchtest, verpasst du jedes animalische Vergnügen
– es dauert nicht lang, einem Hund beizubringen, dir aus der Hand zu fressen
– hüte dich vor den Reißzähnen des Wolfs
– das Problem ist sein Hunger nach Fleisch

Déléanne stickt ein wenig besser als am Morgen, ihre Bewegungen sind runder, bald wird es so wirken, als spiele sie Musik mit ihrer Nadel: acht Monate für die Herstellung einer Aussteuer, das genügt, um den Körper auswildern zu lassen, um die Fesseln zu lösen

– den Schoß

zur vereinbarten Zeit schicke ich sie zurück zu ihrer Mutter, doch am nächsten Tag steht sie ganz verstört auf der Schwelle, sie hat ihren Körper durchsucht, wie ich es ihr empfohlen hatte

– es gibt zu viele Hohlräume
– zu viele mögliche Schlupfwinkel
– zu viele Vertiefungen zu füllen

ich färbe Seidendocken in einem großen Kochtopf: Déléanne will rosa Garn, um die Heckenrosen auf ihre Korsage zu sticken, ich habe die Schildläuse zermahlen, das Puder dreimal zum Kochen gebracht, es gefiltert, nun ist das Farbbad bereit

die zwei Kleinen sitzen vor der Feuerstelle, Philomène erklärt »das Matrjoschka-Kind braucht seinen Platz, darum hast du so viele Löcher«; ich komme mit dem Garnbeizen zum Ende, das Alaunsalz greift meine Haut an; die anatomischen Fragen lasse ich die beiden Mädchen entwirren, sie lernen besser, indem sie sich gegenseitig unterrichten; wenn sie zu viel Unsinn reden, werde ich sie korrigieren, in der Zwischenzeit weiche ich die Docken ein und setze den Kochtopf wieder aufs Feuer, die Federei füllt sich mit seidigem Dampf

Pierre folgt seiner Faust in ihrem Schwung: er schlägt Tamiel zwischen die Augen, aber die Festigkeit des Gesichts, das er trifft, leitet seine Bewegung ab, und verdutzt findet er sich zwischen den Beinen eines Stuhls eingeklemmt wieder
– Pierre, Klein-Pierre, verblüfft über seine Kühnheit
– und seine aufgeplatzten Fingergelenke
– hat er sich selbst überhaupt schon einmal bluten gesehen?
hinter ihm schwillt das Geschrei an, Männerstimmen prallen aufeinander; noch bevor er wieder zu Atem gekommen ist, packt eine breite Hand den Rücken seines Hemds und hebt ihn hoch: so plötzlich, wie er niedergegangen ist, wirbelt er jetzt quer durch das Zimmer und landet an der Wand
– seine Sternstunde schon wieder hinter sich
Tamiel hat sich von dem frontalen Schlag seines Freundes Pierre noch nicht erholt, er taumelt, er lacht, die Überraschung ist größer als der Schmerz
– die Trunkenheit weicht alles auf
– auch seine Schläge in die Luft
– manchmal trifft er ein Stück Fleisch
– häufiger verdrischt er Möbel
seit zwei Tagen sitzen die Männer wie auf Kohlen, sie lauern auf Beleidigungen, warten auf einen Auslöser, das Fieber steigt, die biergesättigten Körper reiben sich, die Haut bebt und wird ungeduldig, ruft den Zusammenstoß herbei
– jedes Jahr dasselbe
– drei Tage im Wald
– der erste für die Bäume
– der zweite für den Rausch
– der dritte für die Säfte
– die im Kessel
– und die im Körper
in der Hütte grollt, als der Tag gerade so dämmert, die große Flut des aufgestauten Ärgers, des Zorns, kleiner Beschämungen und stiller Eifersüchteleien, sie rollt heran und bricht sich,

eine hohe Welle, die alle versammelten Männer mit sich reißt; Pierre ahnte nicht, welchen Strom er auslösen würde, als er den Arzt schlug

nun wird geprügelt und getreten, ein schönes, großes, freigesetztes Durcheinander, die Schlacht führt Emotionen, Begierden und Ärgernisse mit sich, die während des ganzen Jahres unterdrückt worden waren, sie zeichnet, Oberhäupter und Arbeiter ineinander verkeilt, Hierarchien nach und verändert die Organisation des Dorfs; einmal jedes Jahr entfalten und regulieren sich alle Spannungen

- die Schlägerei ist weniger gewaltsam als der aufgestaute Ärger
- ein Chaos
- die Hemden riechen stark nach Mann und Desaster
- im Hagel der Schläge tauchen Umarmungen auf
- der Kampf hält Wut und Vergnügen im Gleichgewicht
- geht schlecht aus
- geht gut aus
- jedes Jahr anders
- jedes Jahr identisch

es ist, als würden die erhitzten Körper die Luft aufheizen: sie sind es, die das große Fließen des Ahornwassers auslösen, und so rufen die Bäume die Männer von Kangoq zurück an die Arbeit: die Kessel müssen geleert werden, es geht von einem Stamm zum nächsten, so oft wie möglich und ohne zu stöhnen: der Frühling bringt auch die Besoffensten zur Besinnung

»Blut! Blut! Die Ahorne vergießen Blut!«
das Waisenkind läuft den Männern auf dem Rückweg voraus, es ist dreckig von den Stiefeln bis zum Hals und rudert mit den Armen, zwei Mühlenflügel außer Kontrolle
»die Ahorne bluten!«
– der Junge schreit in einem fort
– seine laute Stimme ängstigt mich
– seine Tränen, sein Rotz
– wie ist das möglich, so groß zu sein und zugleich so klein
Déléanne springt auf: als Binouche in die Federei kommt, hat sie sich schon zwischen den Gänsen versteckt, Philomène dagegen stellt sich vor dem Jungen auf, sie spuckt in ihre Hand und reibt über die dreckigen Wangen, hält die beiden aufgebrachten Arme fest gegen den Männerkörper, sie sagt »nicht doch, nicht doch«, der Waisenjunge lässt nicht locker »Blut in den Kesseln! Die Ahorne vergießen Blut!«
– wäre er doch still
– der Unglücksvogel
– jeder Fluch kommt aus seinem Mund
hinter ihm erscheint die lange Prozession der Männer, sie folgen einander, die Mäntel stehen halboffen, die Schals schleifen im Matsch, sie sehen aus wie Erhängte, die vom Galgen herabgestiegen sind
– der Blick verstört
– das Gesicht lang
– die Mäntel rot und braun
– die Hemden rot und verbrannt
– die Eimer rostig, leer
ohne Zucker vorweisen zu können, kehren sie zurück in ihr vom Liebchen gepflegtes Heim, mitleiderregend, völlig erschöpft, die Häuser riechen nach der Luft, die dort geweht hat: in ihrer Abwesenheit haben die Frauen ihre Fenster trotz der Kälte weit geöffnet, den Geruch der Räume verändert, und hier kommen sie nun herein und

stinken, sie sind getränkt von Blut und Alkohol und erzählen alles Mögliche
– der rote Ausfluss
– die verfluchten Ahorne
– der schöne Teufel, der in der Nacht vorbeigekommen ist, mit totem Vieh auf seinem Rücken
– all die Lügen, die sie erfinden, um ihre leeren Eimer zu rechtfertigen!

während sie, ohne sich zu waschen, zusammensacken, bin ich froh, denn Sulfurian ist nicht weit; aus den Wäldern tauchen sie weiterhin im Dorf auf, einer nach dem anderen geradewegs ins saubere Bett
– die ganze Arbeit
– den Fußboden geflutet
– die Hände rissig vom vielen Reiben und Auswringen der Bettwäsche
– die Mäusefallen geleert
– der Rindereintopf auf dem Feuer
– die Männer kommen zurück und ihre Gerüche nehmen das Haus in Beschlag
– stellen die Ordnung auf den Kopf
– wieder

die Freude sinkt oder wächst, je nach Verbindung, je nach Paar
– ich schmiege mich in all seine männlichen Gerüche
– ich schlage hinter seinem ausgelaugten Körper die Tür zu
– ich umhege seinen Schlaf, die Kinder werden dem Zimmer hübsch ferngehalten

aus dem Gefolge hebt sich die Silhouette des Arztes ab: Tamiel geht auf die Federei zu, auf mich, die ich auf der Schwelle stehe, er hat eine geschwollene Stirn und ist schwarz um die Augen, seine Lippen schmecken nach Blut, als er mit beiden Händen meine Hüfte packt und befiehlt
»heirate mich«

– der schöne Arzt mit seinen Händen, seiner ernsten Stimme
– der das Haus am Ende der Straße bewohnt
– das schönste, gerade gebaute aus hartem Ziegelstein

»heirate mich«
er greift in meinen Nacken, packt den Haarschopf an der Wurzel, ich lege meinen Kopf in seine Geste: seit Monaten warte ich jetzt darauf, dass er das Lustgefühl diktiert
»ich werde dich aus diesem Loch herausholen, nie wieder Männer vor deinen Fenstern, nie wieder deinen Körper an Zahlende verkaufen«

– wie vollmundig er küsst
– leidenschaftliche Wut
– noch nie ist er so kühn gewesen

»heirate mich«
die Antwort existiert längst zwischen uns, er kennt sie, während er mich bis zur Hackbank drängt und mich dort umdreht, er kennt sie, während er jede Schicht meiner Röcke hochschiebt, während er mich mit festem Griff vorübergekippt hält und sich seinen Weg in mich gräbt, er kennt sie, als er mich schonungslos mit beiden Armen zu sich umdreht; ich ziehe ihn heran und stoße in derselben Bewegung zurück, meine Augen sprechen eine klare Sprache:
nimm mich, so weise ich dich ab

-IV-

BEIM GÄNSEBANKETT

im Leben meiner Liebhaber bin ich das andere Kapitel, der kürzere Text, der des Verbotenen, des im Alltagsgerede verschluckten Möglichen: die anderen müssen tastend schreiben, bevor sie die genaue Sprache des im Bett liegenden Körpers finden, aber ich lese ihnen ihre Wünsche in allen Sprachen ab

– mein Mann sucht immer nach dem Weg, er weiß nicht, welches Stück Haut er wie anfassen soll, damit der Quell der Freude sprudelt

bei mir wissen die Männer Bescheid, sie treten ein, sie sind nur dafür hier, es gibt keine Hindernisse zu überwinden, alles ist schon für sie aufgeschrieben; sie kommen zu mir, packen mich, umarmen mich; die Federei selbst erwacht, nimmt den Säugetiertrieb in sich auf, diesen Jagdinstinkt, der sonst unter Höflichkeiten erstickt

– meiner hat als Kind die Puppe seiner Schwester kaputtgemacht und seitdem fürchtet er sich vor dem schwarzen Loch im Gesicht der Marionette, er berührt mich so vorsichtig wie ein Glasbläser

es ist nicht, dass ich stärker wäre als die anderen, aber ich sage »heute beiß mich, wirf mich um« »heute mach langsam, mein Körper schmerzt, ich habe mir den Hals verzogen« »heute will ich dich nicht, komm an einem anderen Tag wieder, ich habe keine Lust«

– meiner will mich nicht schmutzig machen, er sorgt sich um meinen Dutt, um die Falten meines Rocks
– meiner liebt, glaube ich, die Idee von Sex mehr als den Sex selbst

ich liege bei Groll, beim Blechschmied und dem Bürgermeister, ich bin nackt neben den Holzfällern, den Bauern, dem Jäger, dem Stalljungen, sie lieben es, wenn ihr kurzer Aufenthalt meine Haut beschmiert, die Spuren, die Schmutzigkeit, den Körper, der weder zu umsorgen noch zu liebkosen ist, sie kommen und gehen ohne Umschweife, sie denken daran, denken daran, denken daran, dann denken sie nicht mehr daran; sobald ihr Koitus vollzogen, die Hose wieder hochgezogen und die Transaktion abgeschlossen ist, sind sie anderswo, und ich auch

– er wickelt die Kleinigkeit, die er mir schenken wird, in sein Taschentuch, benutzt den Kamm und betrachtet sich im runden Spiegel über der Blutwanne
– das Blut im Becken gerinnt
– er späht in das Sträßchen und geht, sobald dort niemand ist
– er ist leicht zu erkennen: sein zu hohes Kinn
– er hat keinerlei Selbstvertrauen und plötzlich läuft er herum, als wäre er der Kaiser irgendeines lächerlichen Landes, der Felder, Schuppen und Wälder

für zwanzig, dreißig Minuten kleiner König im Bett: das genügt als Regentschaft; wenn sie eintreten, sind sie nichts als niedergeschlagene Jungs, heraus kommen sie fürstlich: veränderte Körperhaltung und leichterer Schritt; einzig Tamiel bricht schwerer wieder auf, als er gekommen ist, die Taschen leer, das Gesicht trübselig; er bietet mir neben seinen Münzen auch Geschenke, mit denen ich nichts anzufangen weiß

– eine Rosshaarbürste
– ein Medaillon, das sich an einer gegabelten Achse öffnet
– ein Stück Seide, das zu stark riecht
– getrocknete Blumen, ein Geschirrtuch, Haarnadeln

das Einzige, was ich behalte, ist eine silberne Schere, eine, die in die Handfläche passt und deren Klingen den verlängerten Schnabel eines komischen Vogels bilden; den Rest verschenke ich, ich wickle die Gegenstände in braunes Papier, wähle Männer aus, die vorbeischauen, und gebe sie ihnen, meine Nachbarinnen erhalten Schätze, die sonst nur feine Damen besitzen könnten, die Freigiebigkeiten des Arztes zirkulieren in den Häusern Unterkangoqs seit der Tagundnachtgleiche lässt der Abend immer länger auf sich warten, die Dunkelheit wird bald dünner als die Stoffe der Kleider: im Mai finden die Frauen unter dem Übermaß an Wollschichten ihre Haut wieder, und genau dort finden auch die Männer ihre Frau wieder

je weiter die Hälse nun aus den Mänteln hervorschauen, desto genauer wird beobachtet, welche der Mädchen aus der Kindheit ins Bauchalter gekommen sind: die Siu-Zwillinge haben ihre blonden Zöpfe zu einem Dutt hochgesteckt

– wenn diese beiden erst laufen lernen, wird alles zusammenstürzen

im Gehen bieten sie ihre Arglosigkeit dar, das Kleid ist inzwischen zu eng, ihre Brüste unter dem Stoff gepresst

– das tun sie mit Absicht

die Arbeitertöchter geben sich sittsam: der Kragen hochgeschlossen, die Stirn gesenkt

– ihre eigenen Haarknoten sitzen straff
– jede junge Frau, will sie besser heiraten als ihre Mutter, muss ihren Kopf im Griff haben

im Herbst noch kleine Mädchen, sind sie nun lange, steife Standbilder, sie tragen ihr keusches Äußeres auf dem Fleischmarkt zur Schau, beobachten aber doch, wer schaut, und wonach

Pierre

– Klein-Pierre
– Opium-Pierre
– Scham-Pierre

sieht sie gar nicht, er hat seine Augen vor allem Fleisch verschlossen; was er bewundert, sind die moirierten Reflexionen des Popeline, die Transparenz des Tafts, er stellt sich vor, wie er selbst im Aufschwung von Mai-Röcken umherläuft

seit er Tamiel geschlagen hat, turtelt Victoire zu Hause herum, sie ruft den Arzt und erfindet ihren Töchtern Krankheiten für das Vergnügen, sie beide zu sehen, ihren Mann und ihn, wie sie sich mit Blicken taxieren; sie versucht, das Unbehagen zu bemessen, fühlt eine Verlockung und begehrt plötzlich Pierre, der sie genug liebt, um sich zu schlagen, der, um seine Fäuste wiederzugewinnen, sein Unwohlsein überwunden hat

– mir brennt der Körper, ich bin der Mittelpunkt zweier Rivalen und gleichzeitig der Mittelpunkt des Dorfs, die Geschichten des Großen Kampfes drehen sich um mich, mit einem Mal bin ich nicht mehr nur Mutter und Ehefrau, ich fühle mich wie auf dem Debütantinnenball, ich beherrsche die Flüstereien, schlafe ich ein, dann wiegen sie mich; ich will nicht, dass das entfernte Flammenmeer der Stimmen erlischt

als eines Tages Pierre seine Besuche früh beendet, wird er von einem fröhlichen, frischen Wind getragen, vom neuen Frühling, dem Gänsegesang: das Geschnatter der Viecher erstickt das Chaos in seinen Gedanken

– die Gänse: wenn sie schweigen, hört man sie erst am lautesten

er badet in ruhiger Gelassenheit, er läuft, die Brise ist es, die ihn trägt, Victoire hat die cremefarbenen Kleider aus ihrer Truhe geholt, ihre Jugendgewänder, die Aussteuer, die Adèle für sie erstellt hatte, ohne nachzurechnen

– die stolze, stolze Adèle mit den krummen Fingern
– ihr Sohn verheiratet, und das weit über ihrem Stand
– Adèle, die auf einmal Seide, Samt und Spitze bestellen kann, wie sie es sich wünscht
– nicht für sich, sondern für die Victoire, den Sieg, die Zukunft ihres Sohns

Pierre läuft, er denkt an seine Mutter, an die Korsagen aus bestickter Smokarbeit am Abend im Halbdunkel »leih mir deinen Bauch, Klein-Pierre, damit ich schauen kann, ob die Korsage gut kleidet«; sie prüft die Spannung ihrer Arbeit, die Hunderten von Kräuselungen an den Rippen des Sohns, der mit dem Finger darüberstreicht in der Straße trägt gerade ein Fräulein ein gefälteltes Kleid, es ist mit kleinen, blauen Kreuzchen verziert, und Pierre sieht wieder die Tausenden rosafarbener Stiche vor sich, die seine Mutter genäht hatte

als er den Kopf wieder aufrichtet, bin da ich auf der anderen Seite des Fensters, ich fege und wirbele mindestens so viel Sand auf wie Federn

– nur Mut, das schlammige Wetter ist vorüber

sowie er seine Stirn hebt, richte ich meine auf, er ist überrascht, hier zu sein

– wieder

vor der Federei

– wieder

ohne dass seine Gedanken seinen Schritten gefolgt wären

– wieder

er bleibt ruhig, alles wird in Stille gesagt, sparsam an Worten und Gebärden: ich nicke mit dem Kopf, er versteht »komm herein«, sein Kiefer mahlt nach links und ich verstehe »niemals«: wir entschlüsseln uns, ohne uns zu kennen, ohne etwas anderes zu teilen als genau diesen angehaltenen Augenblick; in der Federei sinkt der Staub wieder herab, nichts bewegt sich auf der Straße; Pierre und ich sind allein für den Augenblick unseres Atemzugs: er hat seine Laufhaltung nicht aufgegeben, nur zwischen zwei Schritten innegehalten

– rundherum ist niemand

ich lehne den Besen gegen die Wand, nähere mich der Scheibe, ich bin groß im Schaufenster, höher als er, auf den Sockel des Rahmens gestiegen; ich gleite mit meinem Finger den Halsausschnitt entlang und rolle sachte

– diese Geste muss man sehen

– tausendjährige Vervollkommnung

vom Ausschnitt beginnend meinen Ärmel herunter

ich lasse ihn nicht aus den Augen und er mich auch nicht; ohne sie anzuschauen, sieht er die Seide meines Korsetts und die Spitze meines Hemds, bloß ein Träger, das ist schon alles: und das irisfarbene Kleid erscheint unter meinen Schürzen, Vorbotin schillernder Stickereien

– Achtung, Schritte

– jemand kommt

Pierre Arquilyse setzt seinen Gang wieder fort, als wäre er in seinem Schwung niemals unterbrochen worden, die Augen voller erfundener Seidenstoffe, er stellt sich eine Truhe vor, die erscheint, wenn man mit einem Zauberstab auf den Boden schlägt, holt daraus das frühlingsfarbene Kleid hervor, atmet seine Düfte ein, das Dorf riecht nach Morast, nach dem trockenen Staub der Felder, und bald nach Flieder

– was mein Mann in seinem Bürgermeisteralltag tut, davon weiß ich nichts

– er thront

– er rennt herum

– er waltet über das eine wie das andere Ende der überdachten Brücke

– die Stunden im Haus verrinnen, während ich auf die Uhr starre, den Kopf auf die verstreichende Minute gerichtet, auf die nächste, die übernächste; mein kleiner Lazarus ist im Zwischenreich der Heranwachsenden, weit weg vom Schoß der Familie

– er sucht und findet sich allein

– der Kuckuck der Standuhr lässt mich hochschrecken, so sehr ich auch auf sein Erscheinen lauere, er überrascht mich jedes Mal

– hölzernes Vogelvieh

– er singt heiser

– ich denke an die rundlichen Hände meines Sohns, an seine zarten Gesten, wenn er mit meinen Haaren spielte, an seinen Säuglingsgeruch, seine hellen Leinenanzüge, seine Milchzähne, hart in seiner Hand, hart in meiner

– schau nach draußen, nicht nach innen

– ich sehe die Debütantinnen am Fenster vorübergehen und ich beneide sie nicht um ihr Alter, denn ich weiß, es führt zu meinem

– schön, diese jungen, frisierten Mädchen

– ich kehre zurück in die tapezierten Wände des Boudoirs, besinne mich auf das Tischtuch, das ich am Besticken bin

– erinnerst du dich noch daran, wie ungeschickt deine Finger waren, während du als Verlobte an deiner Aussteuer gearbeitet hast?

– jetzt habe ich die genaue Gestalt der Blumen gelernt, sie reihen sich tadellos auf dem Stoff aneinander, ich verabscheue sie, sie sind mein Alter, meine Geduld, die Spur der verflossenen Wochen und Monate; ich möchte den kleinen Mädchen, die sich auf der anderen Seite der Fensterkacheln herausputzen, zurufen »lebt, lebt, lasst Nadeln und Aussteuer liegen, fliegt mit ausgebreiteten Flügeln zum Fluss und in die Wälder«

– sie bleiben, wo sie sind
– ich auch
– du gewinnst nichts, indem du Stunden verlierst
– fast glaube ich, ich bin nur jung, um auf den Tod zu warten

du musst den verspielten Sinn deiner Haut wiederfinden: das ist es, was ich Sélène Delorgue sage, als sie mich fragt »ich will meinen Ehemann für mich, nicht für dich: wie bringe ich ihn zurück in mein Lager«

die Frau des Bürgermeisters war in der Federei aufgeschlagen, ohne die Art ihres Aufgewühltseins zu verstehen: Ärger, Traurigkeit, Wut, Nervosität, Neugier, Rache; zwischen all diesen Eifersüchten torkelte sie umher, als sie mich im Durcheinander der Tierkörper erblickte, meinen Besen in der Hand, noch gefangen im Takt Klein-Pierres; das Waisenkind saß in der Federei auf dem Boden und füllte Jutebeutel, indem es unermüdlich Federn von Daunen trennte, während Philomène Enten die Füße abschnitt, sie auf einem Blech röstete und über dem Feuer drehte und wendete: Sélène stand wie angewurzelt auf der Türschwelle, sie verstand nicht, wie ihr Mann es schaffte, sie zu überschreiten und in diesen Schmutz einzutauchen, in die Nähe der Kadaver und des Todes, er, der abends das Tischtuch wechseln lässt, wenn er ein einziges Hundehaar darauf findet

ich muss es ihr nicht erklären, sie weiß es schon: nichts von dem, was sich hier abspielt, hat mit Liebe zu tun

– außer für Tamiel
– Tamiel, den Verzweifelten

es ist eine Körperangelegenheit, nicht eine zärtliche, keinerlei alltägliche Zuneigung steht auf dem Spiel; es ist die Idee einer freien Frau, Gefahr und Herausforderung, die Männer wollen mit etwas konfrontiert sein, das verwilderter ist als sie; sie kennen weder meinen Namen noch das Land, aus dem ich stamme, manchmal denken sie, ich sei schon immer hier gewesen, ein andermal fragen sie sich, ob ich erscheine und wieder verschwinde, wie es mir gefällt, die ganze Federei taucht an Tagen des Verlangens auf und wird bis zu ihrem nächsten Besuch rundweg vom Erdboden verschluckt

– das ist nicht Liebe, Sélène, das ist ein Märchen
– trotzdem möchte ich wissen, wie ich ihn berühren soll, meinen Mann
– glaubst du denn, das würde die Herrschaft des Kuckucks brechen, die dahintröpfelnden Stunden, die Minuten über Minuten über Minuten, so oft gezählt und trotzdem immer gleich?
– glaubst du, sein Verlangen würde deinen Tagen auf einmal Sinn verleihen?
– ich möchte wissen, wie ich sein Denken beherrschen kann

aber beherrschst du dein eigenes?
auf einmal verstummt alles; Sélène steht gebannt, sie blickt zur Türschwelle: es spielt sich alles auf diesem Tritt ab: auf der einen Seite die Zuflucht, die glatte, lichtdurchflutete Straße, die lange Zeit des Wartens; auf der anderen eine Höhle ganz für sich, unter dem Zauber der Gänse
ich weiß den, der zuhören will, alles zu lehren

wir liegen nackt im Dämmerlicht, Tamiel hat erhitzt mit mir geschlafen, ich habe ihm beigebracht, mich härter anzufassen, meine Arme zu packen, mich hochzuheben und dann aufs Bett fallen zu lassen, damit er das medizinische Abfühlen nun endlich sein lässt, das Tasten mit der Hand auf der Stirn »nein, Sie sind nicht warm, Madame«; er hat gelernt, seine ausladenden Bewegungen zu kalkulieren, heute waren sie überstürzt, vor Hast und Gereiztheit übertrieben

– dreimal ist er an der Federei vorbeigekommen, dreimal steckte die Garbe im Fackelhalter
– trockener Weizen, zum Besen zusammengebunden, einer, der bedeutet »Geduld, ich bin vergeben«

Sélène, die Frau des Bürgermeisters, richtet beim Heraustreten ihre Röcke

– die Wangen rosig, die Augen gesenkt
– sie hat niemandem ins Gesicht geschaut, von Unterkangoq bis zu ihrem schönen Backsteinhaus nicht

sie ist hochgegangen in ihr Zimmer, hat den runden Spiegel hervorgeholt, den, der in eine Hand passt, und hat sich zum ersten Mal die Spitzensäume ihres Geschlechts angesehen

ich habe gewartet, bis sie sich entfernt, dann habe ich den Strauß herausgenommen und schon war Tamiel auf der Schwelle; seinen Hut lüftend trat er ein, ich schaute auf die Gänse, die zu verspinnenden Seidenkokons, die zur Hälfte zerlegten Fleischstücke, bin wieder hinausgegangen und habe die Garbe an ihren Platz zurückgesteckt; drinnen war der Arzt bereits mit einem Knie auf der Erde, seit Monaten diese gleichen Dummheiten, ich mache mir nicht mehr die Mühe, zu antworten, ich wende mich meinem Lager zu und lüfte meine Schürzen

– die erste beschützt die zweite
– die zweite deckt die dritte

ich zeige ihm den Rücken und entkleide mich in Stille; der Waisenjunge an der Hackbank durchbohrt den Schnabel der

Gänse und bereitet die Haken vor, an denen sie abgehängt werden

- so viel Mühe, ihm all das beizubringen
- er kann sie noch nicht selbst hochhängen
- nicht, dass er es nicht könnte, er hat Angst
- beim Abhängen öffnen sich die Flügel halb und streifen sein Gesicht
- er befürchtet, die Tierkörper könnten noch lebendig sein
- sind sie nicht

Tamiel hat gelernt, über die Anwesenheit des Jungen hinwegzusehen, der jedenfalls tritt zur Seite und kehrt auf sein kleines, schattiges Plätzchen zurück, während ich mein Handgelenk in der Faust des Arztes postiere

- nimm

meine Brüste erzählen eine gewundene Geschichte

- nimm

Tamiel schließt seine Finger, gerät außer Atem, während er mich packt; ich spiele Teufelin, wehre mich, das Spiel alter Wölfe, die die Grenze ihres Territoriums hin und her verschieben, die Kraft ist abgemessen, aber real, ich arbeite daran, ihn die Worte seiner Mutter vergessen zu machen, Worte von Frauen, die ihre Ohnmacht in seine Hände legen

- du bist ein Süßer
- ohne Boshaftigkeit
- du kennst die Zerbrechlichkeit, das Kristall, aus dem Frauen sind
- der kleine Nalbé hat das Fenster eingeschlagen; Tamiel würde so etwas nie tun
- das Engelchen
- der gute Mann
- ohne Gefahr, ohne Kraft

Begehren ist eine Geschichte von Körper und Einvernehmen, Sanftmut ist dabei nicht immer im Spiel

- nimm mich, so weise ich dich ab

weiter als bis zur Zuneigung von zwei Tieren, die sich besteigen, braucht man nicht zu denken

Tamiel bricht zusammen, ich schließe ein wenig die Augen, sinke in die Matratze, finde meine Gliedmaßen wieder, meine Haare, meine Haut, ich sortiere auseinander, was zu meinem Körper gehört und was zum anderen

neben mir hat sich Tamiel bereits erhoben, nicht, um sich anzukleiden, sondern um wieder weiterzubohren, weiter und weiter

– noch nie solch einen Starrsinn gesehen

– dieses wiederholte Vergnügen, sich Nein sagen zu lassen

er geht die große Tasche holen, die er beim Eintreten getragen hat: er läuft vom Lager zur Hackbank mit seiner noch hervorspringenden Nacktheit und ich sehe den Weg vor mir, den er etwas früher von seinem Haus zum Postschalter gegangen ist; er läuft, das Paket erwartet ihn in völlig unscheinbarer Verpackung: Kraftpapier, Kordel, fremde Stempel, genau wie all die anderen Pakete, die er seit zwei Monaten bekommt; er drückt die Tür zum Postamt auf, der Beamte lächelt wissend und hält ihm die Lieferung hin »öffne das hier vor mir, dass ich mir ein bisschen die Augen verderbe« Tamiel hebt die Paketsendung auf den Tresen und knüpft ohne Hast die raue Kordel auseinander, man könnte meinen, das Paket wächst, kaum ist es von seinen Fesseln befreit, schwillt es an; der Stoff drückt gegen das Papier, als hätte er es eilig, sich zu enthüllen, und unter den Zeitungspapieren voller fremder Zeichen kommen die hellen Schatten der mit botanischen Motiven verzierten Seide zum Vorschein, ihre tiefen Rottöne, ihre Halme, ihre purpurfarbenen Blumen

– Vorhänge

– er hat Vorhänge gekauft

– hat sich vom Möbeltischler eine Gardinenstange anfertigen lassen

– einen Holzstab, der länger ist als das Fenster der Federei

– die Vorhänge werden die Straße abschirmen, von der Decke bis zum Boden, verstärkt mit schwarzem Segeltuch
kein Licht wird sie durchdringen

seit er in der Federei angekommen ist, bastelt der Waisenjunge an einem Mobile, er fädelt Gänseschädel auf Schnüre, die hinter der Tür von der Decke hängen; Binouche fügt, jedes Mal, wenn ein Mann in mein Haus kommt und es wieder verlässt, mich wieder verlässt, seiner Plastik einen neuen Kopf hinzu

– er reinigt geduldig jeden Spalt, entfernt Hautreste und Fleisch
– es ist seine Art, sich weniger vor toten Gänsen zu fürchten
– wenn sie nur noch aus fleischlosen Knochen bestehen, deutet nichts mehr auf ihr Leben als Tier hin
– auf jeden Fall muss das Waisenkind sich beschäftigen, um weniger vom Grunzen der Männer zu hören, wenn sie kommen
– in der einen Hand hält er den Schnabel fest, mit der anderen schabt er seine Klinge bis zur Stirn hoch
– er übt die Präzision von Handgriffen, indem er abkratzt, was an Gewebe auf den Knochen übrig ist
– dieser Junge hier denkt anders, er hat eine bestimmte Art, sich auf seine Bewegungen zu konzentrieren, auf ihre Präzision, ihre Redundanz: er kann die gleiche Handlung über Stunden hinweg unermüdlich wiederholen
– wenn er Federn und Daunen verliest
– wenn er Brennholz zerkleinert
– wenn er das Seidengarn aufspult

er taucht in eine ruhevolle Trance ein, nur noch die Aufgabe selbst existiert, nichts anderes, und sein Körper führt sie aus
während der Gänsesaison kommen jede Woche die Groll-Angestellten vorbei, um Daunensäcke abzuholen; sie kommen zu dritt oder zu viert und albern auf dem Weg herum, aber sobald sie die Silhouette des Jungen ausmachen, sind sie still: es gibt Geschichten über ihn und seine großen Hände, vor denen sich die älteren Weberinnen erschreckt haben; die Laufbotinnen gehen still die Stufen zur Federei hoch, sie klopfen an die Tür, und wenn sie eintreten, klappern die aufgehängten Schädel

aneinander, das Carillonspiel klingt wie hohles Holz; sie sehen sich gegenseitig an, dann schauen sie sich um, ich lächle »hab keine Angst, du bist hier sicher«, das Haus fasziniert sie ebenso sehr, wie es sie einschüchtert; irgendetwas Verheißungsvolles liegt hier in der Luft, sie können nicht benennen, was es ist, aber die Federei erregt ihr Verlangen, wie sie das der Männer erregt

die jungen Frauen hieven Daunensäcke auf ihre Schultern und entdecken dahinter verborgen die große Zederntruhe: ein Ärmel und ein Rockzipfel schauen daraus hervor

– eine solche Pracht habe ich noch nie gesehen
– irgendetwas schimmert da in der Reisetruhe, die unter der Treppe versteckt ist
– das Geheimnis der Federfrau

keine bittet jemals darum, hineinsehen zu dürfen; sie kehren mit Bildern von Kleidern und Schmuck zurück, die denen aus ihren Träumen ähneln, sie fragen sich, ob die anderen es auch gesehen haben, ob sie die Einzige waren, die es bemerkt hat; untereinander sprechen sie nie darüber: dem Schatz einen Namen zu geben, würde seinen Zauber zerstören

nur Philomène öffnet den Koffer jedes Mal, wenn sie hereinkommt

– das große, ungenierte Ding

sie grabscht nach den Stoffen, nach dem Faltenwurf der Kleider, sie presst die mit Perlen bestickten Mieder gegen ihren Bauch und dreht sich um die eigene Achse, der Rock fliegt vor ihr auf, das Waisenkind ruft aus »schön schön«

– ich will alles, die Kleidung, den Sex, die Tierkörper zum Enthäuten, ich will all die Gesten übernehmen, sie in die Hand nehmen

sie hebt den großen rostroten Filzmantel heraus und berührt leicht die Nerze, die den Kragen säumen, die Stickereien, die Ornamente

– wie stelle ich es an, dass ich diese Kleider tragen kann?

– du wartest, bis deine Zeit kommt
– du geduldest dich
– du lernst

sie fasst nach der Spitze, diesem Geflecht aus geklöppelter Seide

– die weiße, weiße Guipurespitze
– man meint, sie strahlt ihr eigenes Licht aus

wie viele magische Hände haben zur Aussteuer beigetragen, Stück für Stück für Stück für Stück, Generationen betörender Frauen, die nie jemand anderen geheiratet haben als sich selbst

draußen hat sich eine Fuchsfamilie an die Gänse herangepirscht, hat die zweite Nacht in Folge ein Blutbad angerichtet; am dritten Abend ist Sulfurian aus der Dunkelheit aufgetaucht, mit Appetit auf anderes Fleisch als das seiner Jagdbeute

in der Nähe des Feuers arbeiten Déléanne und Philomène beide an ihrem Korsett, das von Déléanne ist aus dem Stoff, den ihre Mutter bestellt hat, das von Philomène ist aus den Vorhängen des Arztes geschnitten

– dieser feine, feine Stoff
– vom Ende der Welt bis in Tamiels Hände gereist
– bis in meine
– schimmernd wie der Brokat einer Königin

Philomènes Feenfinger erwachen zum Leben, als sie mit dem Stoff in Berührung kommen, sie offenbaren sich, ihre dezenten Nähte folgen unsichtbar den Kurven, ich sitze ganz in der Nähe vor dem Flachkissen, lasse die Klöppel über das Polster laufen, folge mit einem Auge dem Muster und überwache mit dem anderen den Tanz der Nadeln, Déléanne hat sicher Fortschritte gemacht, aber Philomène beherrscht die Gesten, ohne geübt zu haben; ich, ich kenne die Bewegung meiner Klöppel auswendig

– die Garnspindeln laufen, klappern nicht gegeneinander und finden zurück auf ihren Polsterplatz

– das Flechtwerk erscheint wie von selbst

der Waisenjunge übt Knoten an einem Seil, das ich für ihn gefunden habe, er spannt den Strick und löst ihn wieder: die abendliche Stille in der Federei wird durch den Gesang aller Arten von Fasern begleitet

lange bevor mein schöner Teufel auf der Schwelle erscheint, spüre ich schon seine Anwesenheit; hinter ihm versetzt das ungewohnte Treiben der Füchse die Gänse in Aufruhr, sodass sie erwachen, ihren Schnabel unter dem Flügel hervorziehen und über den Feldern aufsteigen: ihr Kauderwelsch stört den Schlaf der Kinder von Kangoq

ich erhebe mich von der harten Bank, die mir als Sitz dient

– sieh doch, die Spindeln, sie setzen ihren Tanz fort
– eine Sekunde, zwei, dann legen sie sich auf das Kissen
– ich habe nichts gesehen

ich scheuche die jungen Mädchen auf, schicke das Waisenkind zu seinen Schädeln und öffne die Tür weit; Philomène geht als letzte hinaus

– wie stelle ich es an, dass ich von ihm kosten kann?
– du wartest, bis deine Zeit kommt
– du geduldest dich
– du lernst

ich schließe die Tür hinter ihr, Sulfurian nimmt seinen schwarzen Hut ab, meine Haut glüht heiß an seinem kalten Hals, von der anderen Seite der Fensterkacheln beobachten Männer das Spektakel, bis der Dampf unserer beiden Körper die Scheiben vernebelt

durch unsere Schreie hindurch höre ich das beunruhigende Bellen der Füchse; immer mehr von ihnen erscheinen zum großen Gänsebankett, während mein schöner Teufel mir in die Kehle beißt

-V-

DER ZUSAMMENBRUCH

endlich Sommer, die Kleidung ist leicht wie der Dunst auf den Feldern; Déléannes Verlobter führt sein Mäuschen unter die überdachte Brücke, er kennt einen Weg, der zu den tollen Gräsern führt

– wer immer bereits geliebt hat, weiß, wo er sie hinführt

in der Senke, die die zwei Seiten von Oberkangoq trennt, sind die Haine hoch genug, um ein Techtelmechtel verschwinden zu lassen, die Luft riecht nach Rosen, denen warm ist, ein Bett aus Thymian und Klee heißt die Turteltauben willkommen, der Junge singt sein Ständchen und Déléanne wartet, sie hält ihren Atem an, die Hand ihres Verlobten auf ihrer Taille, auf ihrer Hüfte führt sie nicht

– er sollte den Weg doch selbst kennen
– stattdessen zählt er Kosenamen auf

nichts passiert und Déléanne zergeht, die Worte des Verlangens stecken ihr in der Kehle

– was tun?
– der Junge redet, aber er küsst nicht
– Déléanne wartet ungeduldig auf den Beginn ihres Frauenlebens
– sie liegt da, bereit

alles in ihr ruft nach Lust, sie weckt die Böden auf, die Insekten, die darin wimmeln, sie betrachtet den Mund des Verlobten, seine Lippen, die sich bewegen, die Worte sagen, sie versteht nichts als Laute, sie wünschte, er würde aufhören zu summen und sich auf sie legen, er zitiert große Werke, die von Gefühlen sprechen, Déléanne langweilt sich, die Ameisen wimmeln unter ihren beiden Körpern

Philomène dagegen kostet die Haut des Waisenjungen, von der Hüfte bis zur Achselhöhle und wieder zurück, mit ganzer Zunge und leidenschaftlichen Lippen, und der Junge erschaudert in seinem Glück; die Kleine hat ihr Kleid angehoben und ihr Mieder geöffnet, Binouche wagt noch nicht, die Hand auszustrecken, die feste Birne ihrer Brust anzufassen, die ihn an der Seite berührt; es wird, wenn er sich bewegt, etwas Schreckliches geschehen, davon ist er überzeugt, also bleibt er halb rücklings, wo er ist, mit dargebotenem Oberkörper, Philomènes Küsse genügen, um ihn ganz zu überwältigen

– sein Herz
– sein Glied
– seine Gedanken

sie schürt ein Inferno, das er allein unter Kontrolle halten muss, sie bemisst nicht die Macht ihrer Verhexung; im Schuppen, zwischen haufenweise Scheitholz und Rindenspänen, beschwört sie ein Feuer, das der Waisenjunge wieder und wieder und wieder einzudämmen sucht

– warum im Scheitholz?
– inmitten von allem, was Feuer fängt?
– es fehlt an Luft zwischen den Reisigbündeln und Holzscheiten
– der Monat Juli ist, kaum, dass er begonnen hat, schon trocken wie Zündholz
– all die Hitze, die auf den von Füchsen befallenen Feldern lastet, sie kondensiert auf einmal in der schrägen Hütte

im Geist des Waisenjungen überlagern sich die Szenen: er sieht die Gänse vor sich, dann meinen eigenen Körper und den der Männer, die sich auf meinem Lager ineinander verketten, das gedämpfte Licht und die Säugetierlaute, die erwachen und anschwellen, wenn ich sie empfange, meinen langen

Galopp und den schamlosen meiner Liebhaber, wenn sie mich hochheben, mich werfen, mich wieder einfangen; er sieht Philomènes Hände vor sich, diese verflixten Schmetterlinge von zwei Händen, die anfassen und waschen und durch die Luft flattern, die Tierkörper durchbohren und den Tod handhaben lernen; sie öffnet die Unterhose des Jungen, ihre Lippen streifen die Leiste, umrunden gerade so die Erektion, ihr rascher Atem am Ansatz des Geschlechts, sie küsst

- sie kennt die Tragweite ihrer Reize nicht
- wildes Kind
- Wildkatze
- Verwilderte

man besteigt einen Jungen nicht, wie man den schönen Teufel reitet

- die Zeit muss anhalten, bevor diese zwei noch ganz Kangoq in Brand stecken

zur gleichen Zeit, als die jungen Leute ineinander verschlungen sind, lernt der Bürgermeister, auf den Knien im großen Fensterzimmer, den Fischgeschmack seiner Frau kennen, ihren Geschmack von hoher See und dampfenden Muscheln

- er hat die Fischerei nie wirklich gemocht

er kneift die Lippen zusammen und hält die Luft an, sein Gesicht ist schmierig, das Sekret erinnert ihn an die Spucke seines Vaters, die an den Wangen klebte und sich verteilte, wenn er sie mit seinem Ärmel abrieb

- ich bin nicht unter dem Mund meines Mannes, sondern zwischen den Fangzähnen eines Wolfs, ich träume, dass er mich frisst, dass ich nichts als Fleisch bin, außerhalb der Stunden, außerhalb des Reichs der Standuhr

der Bürgermeister wüsste gern, wie man die Zeit solcher Launenhaftigkeit möglichst schnell beendet, wie man die neue Marotte erschöpft, damit es nicht wieder dazu kommt, manchmal hebt er den Kopf und fragt »ist es so gut?« und Sélène antwortet »ja, ja, so ist es gut, mach weiter«; zwischen zwei Atemstößen wüsste er gern, wann die Sprache zwischen ihnen so undurchsichtig geworden ist

– das pelzige Maul des Wolfs durchwühlt mich und sein Atem bestimmt das Lied meiner Schenkel, das Zimmer verliert sich im Rascheln des Waldes, des Mooses

die Umkehrung ist einzig durch gesprochenes Wort vonstattengegangen, ohne jedweden anderen Zauber: Sélène hat ihren Wünschen Ausdruck verliehen und nun findet sich plötzlich der Bürgermeister auf der Seite der Standuhr wieder, beim Zählen der Sekunden, er hört den Klang des Zeigers, wenn er um eine Minute vorrückt

– ich will, dass der Wolf mich zerreißt, nichts mehr sein als ein Haufen Knochen, aufgerissenes Fleisch, die Organe auf einem Bett aus Farnkraut und mein pulsierendes Blut, das die Blätter und Gräser tränkt

herabgesetzt, so fühlt sich der Bürgermeister, gedemütigt, wie wenn seine Mutter ihn schalt; die Bitten seiner Frau sind eine ungerechte Strafe für seinen Ehebruch

– ungerecht
– wie oft kam dieses Wort aus seinem verwöhnten Kindermund?
– ungerecht
– Missgeschicke kamen ihm immer vor wie Benachteiligungen

»die anderen Männer, die müssen sich nicht den Launen ihrer Frauen beugen«: er beschuldigt mich, denn wenn Sélène nicht die sorgfältig gefaltete Preisliste gefunden hätte, die er in seiner Tasche versteckt und am Waschtag dort vergessen hatte, wäre sie nie auf mich zugekommen und ich hätte ihr keine Ideen in den Kopf gesetzt: »ich will keine Frau, die sich wie eine Nutte aufführt«

– das ist ungerecht
– das ist ungerecht
– der Bürgermeister hat den Mund voll davon

– das ist ungerecht
– es gibt keinen Ehemann mehr, es ist ein Wolf, der mich irgendwann verschlingt, ich verharre am Abgrund, je länger ich warte, am Rande des Orgasmus, desto gewaltsamer wird das Auffressen sein
– das ist ungerecht

auf der anderen Straßenseite bittet Victoire im Boudoir Tamiel, ihr beim Aufknüpfen ihres Korsetts behilflich zu sein, damit er sie abtasten kann, um zu bestätigen, dass die Schmerzen hier und hier, wenn sie atmet, harmlos sind

– ich muss Wasser auf der Lunge haben, oder vielleicht eine Rippenfellentzündung, irgendeine Infektion, die mir auf den Bronchien liegt

der Arzt gleitet mit seinen Fingern unter die Schnüre des Korsetts, er lockert die Schlaufen, das Satin pfeift in den Ösen, diesen Klang ist er gewohnt: kein Dienstmädchen von Oberkangoq weiß die Frauen so aufzuschnüren wie er, er zählt nicht mehr die Stecknadeln, Schnürbänder und Panzer, die er aus- und wieder angezogen hat; unter den Blusen sträubt sich das Körperhaar: vom Unterarm bis zum Knie erhebt sich ein bergiges Gebiet dicht über der Haut und stürzt wieder ein, sobald der Schauer vorüber ist

– ich fiebere, Tamiel, die Temperatur lässt meine Haut erzittern; du hast es doch auch gespürt, nicht wahr, dieses Beben meines Körpers? nimm meinen Puls, schau: ich zittere

der Arzt hebt das Handgelenk seiner Patientin an, als handele es sich um einen toten Vogel, mit dem Zeigefinger quetscht er die Arterie, fixiert die Uhr und zählt eine Minute ab

– mein Handgelenk ist so zart in deiner großen sanften Hand! höre, wie ich Luft hole, man meint, sie bleibt in meinen Bronchien hängen, sie kommt nicht bis ganz ans Ende meines Atemzugs

der Arzt wärmt seine Handflächen eine gegen die andere, er reibt sie immer energisch aneinander, bevor er sie über den

Rücken seiner Patientinnen wandern lässt; Victoire hat nichts; sie streift die ganze Transparenz ihrer Bluse hoch, enthüllt ihren Bauch, nimmt ihre linke Brust in die rechte Hand und hebt sie an

– und dieser Pickel dort unter der Blässe meines Busens, der war vorhin noch nicht da; und wenn noch mehr davon kommen? ist das nicht eine seltene Form von Pocken? untersuche meine Haut, die Stellen, die ich nicht sehe, stell dir nur vor, ich würde hässlich werden!

Tamiel spannt die Haut des Bauchs mit seinem Daumen, das Korsett hat Abdrücke hinterlassen, Flachreliefs auf Rippen und Brust, der Arzt betrachtet den imaginären Pickel; Victoires Bauch überzieht sich mit kaltem Tau, schlagartig bricht ihr der Schweiß aus, das Herz gerät in Panik

auf der anderen Seite der Tür hat sich Pierre

– Klein-Pierre

– sein verschlafenes Schamgefühl

dem Spiel mit den Mädchen hingegeben: er liegt auf dem Boden, sein weißes Leinenhemd ist klamm, die Julihitze knallt unbarmherzig, selbst im Haus, der Fußboden glänzt und die braunen Latten riechen nach Parkettöl; der Notar hat seine beiden Handflächen flach auf den Boden gelegt, er atmet wie ein Schlafender; die Kleinen haben die alten Schminkfarben ihrer Mutter hervorgeholt, solche, die Victoire nicht mehr benutzt, und hantieren mit den rauen Borstenpinseln, sie tragen Farben auf die Wangen und Lider ihres Vaters auf

mit geschlossenen Augen sieht Pierre, wie der Kajal seine Wimpern entlangfährt, sieht den purpurnen Schatten in seinem Augenwinkel, das Talkwasser lässt die Wangenknochen hervortreten, akzentuiert den schwarzen Abgrund eines leidenschaftlichen Schönheitspflästerchens, das dort unter sein rechtes Auge gezeichnet ist, Karminsalbe färbt seine Lippen rot und hebt sein Grübchen hervor, das er heimlich liebt

– am liebsten hätte er, dass alle es bemerkten

– das kaum sichtbare, in seine linke Wange gegrabene Komma

er denkt an die Kosmetik der Damen, die sich vor der Werkstatt seiner Mutter die Klinke in die Hand gaben; sie zogen, während Adèle Maß nahm, ihren Schminkbeutel aus der Tasche

– und immer den kleinen runden, puderbedeckten Spiegel

– wie er uns von seinem Stuhl aus ansah, wo er saß und Lumpen stopfte oder das Wechselgeld zählte

Pierre treibt im Geschnatter seiner drei Töchter dahin, das grüne Kleid kommt ihm wieder in den Sinn, das Kleid, das er anprobiert hatte, bevor Adèles großer Zorn ausbrach; die Korsettstäbe halten das Mieder um seine mageren Rippen an Ort und Stelle; die Sonne brennt durch die Fensterkacheln des Salons, schon ziehen die Kleinen seine Lippen nach, ihre pummeligen Hände stoßen gegen seinen Mund, kurz rührt sich sein ganzer Oberkörper; er liegt auf dem Boden wie betäubt

– fast tot

und dennoch kribbelt sein Fleisch; das ganze Spiel besteht genau darin, ausgestreckt liegen zu bleiben, während die Hitze von seinen Lippen zu seinem Geschlecht herunterwandert

in der Federei reitet mich Sulfurian wie der Teufel, er hat seine Waldkleidung wild verstreut und alle meine Schürzen heruntergerissen, im Nu war er beim flutfarbenen Gewand und hat mit beiden Händen mein Becken gepackt, der Monat Juli hat kaum begonnen, schon entlädt er sich in Gewittern

– der Frühling vorüber, der Herbst noch weit

– ich mag den Sommer nicht, die Zeit erschöpfter Gärten

zwischen Pelzwaren und Federn geben unsere beiden Körper den Takt für das aufsteigende Unwetter, der Himmel verdunkelt sich, Flüsse rinnen über unsere Bäuche, der Jäger keucht einen Sturm zwischen meine Brüste: meine Brustwarzen stellen sich auf, alles, was anschwellen kann, gerät in Panik

– Kangoq hofft auf Gewitter
– auf ein Bersten

Philomène wandert mit ihren Lippen das Geschlecht des Waisenjungen hinauf, sie drückt feuchte Küsse auf sein Glied, zerkratzt seinen Hals, ihre Fingernägel bohren sich ins Fleisch, vier Wunden klaffen am Nacken des Jungen, der Schmerz überwältigt ihn, sie beschwört ein Feuer, das er nicht mehr zurückhalten kann

– der Wolf dringt endlich zwischen meine Schenkel, ich breche zusammen, zerfließe, und mein großes Wasser birst ins Gesicht meines Mannes
– das ist ungerecht
– Tamiel schließt das Korsett wieder über meinem Bauch: jedes Mal, wenn er die Schnüre anzieht, ersticke ich ein wenig
– er spannt
– ich stelle mir sein Gewicht als Mann vor
– er spannt
– die Reibung seines Beckens
– er spannt
– ich wünschte, er würde mich zerbersten
– er spannt
– zieh mich zusammen, schnüre all meine Sehnsucht ein, all meine Not
– er spannt

im Salon haben die kleinen Mädchen ihr Werk vollendet, Pierre erhebt sich, geht zum Spiegel und erkennt, dass er ein fratzenhafter Clown ist, die Kleinen haben die Schminke vermischt, ihr Vater ist mit Puder in allen Farben verschmiert, achtlos über den hellen Kanevas seiner Haut geworfen, sein roter Mund tritt über die Lippen, seine Wangen scheinen von grünen und violetten Schuppen bedeckt, seine Augen sind von den formlosen Schmierereien des Kajals verschluckt

– Stille im Raum

– Stille über Kangoq

und doch schreit in seiner Erinnerung Adèle, sie ohrfeigt ihren Jungen und Pierre tut dasselbe: er schlägt sich vor dem Spiegel mit der ganzen Handfläche, die Kleinen um ihn herum klatschen in die Hände, stolze Kinder, seine Tränen durchfurchen das Puder, er verdrischt sich, dass es blutet; seine Faust platzt schließlich auf, als sie den Spiegel trifft, seine Knöchel schneiden sich am Glas, das überall um ihn zerbirst, so, wie sie im März auf der Wange von Tamiel aufgeplatzt sind

– Tamiel, der auf der anderen Seite der Tür meine Korsage schnürt

im selben Moment kracht es laut neben Déléanne und ihrem Verlobten, trocken wie Gewehrschüsse; es sind die äußersten Enden der Brücke neben ihrem Graslager, die nachgeben: eine nach dem anderen krachen die Planken längs der Mitte, spalten sich, bersten und fallen herab, es dauert nicht lang, eine Sache von zwei, drei Minuten, gerade genug Zeit für die Leute, sich vor der Straße zu versammeln und den großen schwarzen Schleier der Holzameisen, das von der Arbeiterinnen-Kolonie verdeckte Holz der Brücke zu sehen, und dann folgt das Rauschen

– das Rauschen
– das Grollen, das der Erde selbst entspringt
– der Spiegel, den Pierre bersten lässt
– der Wolf zwischen meinen Schenkeln
– ich ersticke in meinem Korsett
– der Verlobte küsst Déléanne nicht
– der Waisenjunge denkt »etwas Schreckliches wird passieren«

die Brücke stürzt in einer Wolke aus Holz, Staub und Insekten in sich zusammen; feuchte Julihitze erdrückt das ganze Schauspiel, die Ameisen fallen zu Tausenden in die Grube und kommen in Horden wieder heraus, strömen zwischen die Füße von Kangoq, kriechen in die Hosenbeine, unter die

Röcke, erst stehen die Passanten wie versteinert da, verblüfft über die akustische Auflösung der Straße, aber als sie die Flut von Holzameisen sehen, die in ihre Richtung kommt, erfasst sie Panik, einige trampeln auf den Insekten herum, sie töten, was ihnen unter den Fuß kommt, ohne dass die Masse kleiner werden würde, andere rennen in Richtung ihrer Häuser

– um sich dort zu verstecken?

– um sie zu verteidigen?

Déléanne hat sich gerettet; ihr Verlobter ist zurückgeblieben und verliert sich in der schwarzen Flut, allmählich zerstreuen sich die Ameisen: sie sind weder hinter Dächern noch Möbeln her; die Erde schluckt sie wieder; sie hat sie ausgespuckt, diese gewaltige Brandungswelle, nun ruft sie sie zurück, und ebenso plötzlich wie die Ameisen aufgetaucht sind, verschwinden sie auch wieder: bald bleiben nur noch ein paar Handvoll Verirrte zurück, und das war es; der Verlobte bleibt verdattert zwischen ihnen liegen, bis endlich das Gewitter über den Ruinen der Brücke losbirst

alles endet und fällt zur gleichen Zeit wie der Regen

-VI-

DER FLUCH
DER PHILOMÈNE

bevor der Winter alles umschließt und Kangoq in einen Märchenschlaf versetzt, fegt und säubert sich die Federei, Blut wird ausgebürstet, im Kessel wird gewaschen, Reichtümer werden abgestaubt, Rattenfallen geleert und alle Fliegen eingesammelt; ich befehle, und die Spindeln legen sich an ihren Platz, die letzten Federn fliegen auf, als das Waisenkind sie in den Sack packt, Philomène öffnet weit die Fenster, sie lehnt sich über den Rahmen, die stickige Luft in der Straße steht bewegungslos, aber drinnen hat sich ein Wind erhoben, der den letzten Staub wegträgt; es ist heiß, der Sommer hat die Felder fest im Griff und erstickt die Häuser, es ist Gänse-Zwischensaison, die Jagd noch nicht eröffnet, die Fallen bis zum Herbst stillgelegt, dies ist die Zeit der Ordnung, ich trage Blusen ohne Ärmel und setze meine Haut der vollen Sonne aus, den vollen Blicken der Männer und Frauen, die vor der Federei nun in großer Zahl kommen und gehen

– das ist wegen dieser Brückeneinsturz-Geschichte
– es gibt keinen direkten Weg mehr zwischen den beiden Seiten der Oberstadt
– der Umweg durch die Gässchen Unterkangoqs ist unvermeidlich geworden
– wie viele auf einmal von der Existenz dieses Teils ihrer Welt, von diesem Nachbarland erfahren
– dem armen Land
– dem fleischlichen
– wir stören, wir Leute von unten

wir laufen tief ausgeschnitten und verschwitzt herum, wie wir es bei Hitze schon immer getan haben, aber plötzlich erregen Schultern und Brustpartie unserer Arbeiterinnen Aufsehen: lange Zeit waren wir ein stilles Geheimnis, diejenigen, die mit uns Bekanntschaften unterhalten mussten, wussten darum, die anderen wiegten sich in selbstgefälliger Unwissenheit, jetzt gibt es keinen mehr, der nicht von der Existenz dieses befreiten Territoriums weiß, das direkt nebenan pulsiert

– sie stören
– die Leute von oben
– sie verstopfen die staubigen Straßen, bemängeln die Fassaden
– plötzlich sollen unsere lebensfrohen Familien gerettet werden
– diese Arroganz des Mitleids

während das Großreinemachen zum Ende kommt, sitze ich auf den Stufen zur Federei, der Abend bricht herein ohne Abkühlung, ich beobachte die Maikäfer, die mit gesenktem Kopf gegen die neuen Straßenlaternen anstürmen; einige Menschen gehen in dicht gedrängten Schwärmen spazieren

– Frauen, hinter ihnen aufgereiht Mann und Kinder

sie rümpfen die Nase und laufen aneinandergepresst in der Mitte der Straße

– vielleicht klebt das Leid ja an den Mauern der armen Häuser
– die Kinder von hier unten zanken sich, sie sind vulgär und am Ende des Tages voll Schmutz, Ruß und Rotz, sie husten sich die Lunge aus dem Leib
– und die Frauen spucken Blut, wenn sie sterben
– kein Wunder, wo sie so tief ausgeschnitten herumlaufen

die schönen Damen sagen kein Wort, sie beobachten, das ist alles

– sie schauen uns zu, wie wir beerdigen

– wie wir den Schlaf und den Frieden des Viehs heraufbeschwören

nachher regt sich Philomène auf: »das sind böse Frauen, die beobachten über ihre Schulter hinweg die anderen, die doch genauso sind wie sie, nur ärmer, die sich abmühen, alle zu ernähren, sich und ihre Kleinen«

– zwecklos, sich zu ärgern

ich sage es ihr immer wieder, aber sie starrt die Passantinnen mit bösem Blick an

– zwecklos

– woher sollten sie es wissen? sie sind niemals über die dreißig Häuser von dort oben hinausgekommen

Philomène hat sich in den Türrahmen gelehnt, sie hat die Korsage angezogen, an der sie seit Monaten arbeitet, Rock und Ärmel fehlen noch, aber zwischen die Korsettstäbe hat sie winzige rote Kristalle gestickt, sie schillern auf dem Stoff, der je nach Blickwinkel und Licht zwischen Purpur und Aquamarin changiert, noch ist es der Entwurf eines Kleides

– der Entwurf einer Frau

der Abend bricht herein, die Füchse, die das Dorf umlagern, kläffen in der Dunkelheit, sie pirschen sich an die Hühner und Lämmer heran; die Luft ist dick, alles klebt, die Haut des Viehs und die verschwitzte Wäsche, die immer feucht bleibt; um Kangoq herum ist die Luft mit Feuchtigkeit so satt getränkt, dass die Pflanzen verfaulen, Insekten fallen über sie her, schwarzer Schorf umrahmt ihre Blätter, die Blüten werden gefressen, noch bevor sie befruchtet wurden, die Erde in den Gärten reißt auf oder ist von gräulichem, stinkendem Schimmel überzogen, die Halme des Wiesengrases sind schwach, die Schösslinge brechen, bevor die Ähren aufblühen konnten

– und dennoch, dein Gemüsegarten trägt Früchte

– an der Wand der Federei gedeihen die Färberblumen

– der alte Apfelbaum quillt über vor Früchten, die an den Ästen reifen das kommt, weil ich mich mit Jauche auskenne, mit kalten Aufgüssen und Seifen, um die Tierchen zu vertreiben; für mich gibt es nicht viel anderes zu tun, als den Pflanzen beim Wachsen zuzusehen, das Lebendige zu pflegen; ich warte wie alle anderen darauf, dass die Hitze vergeht, damit ich den Walzer der Tage wieder aufnehmen kann

– trotzdem möchte ich gern wissen …
– und ich
– und ich
– welche Zauberei …

vor dem Haus sitzend bastle ich an einem Fächer aus weißen Federn: die aneinandergenähten Schwungfedern nehmen langsam die Form des Windes an; später werden sie dazu dienen, Sturm zu blasen, den Herbst auf die Lande des Dorfs zu rufen, für den Augenblick ist es bloß ein Sammelsurium an rotem Faden zusammengehefteter, glatter Federn

der Abend bricht herein, Passantinnen kommen und gehen, ich muss nicht erst hochsehen, um sie zu erkennen, jede hat ihren eigenen Geruch, ihren Gang, sie gehen schnell oder langsam durch die ungeordnete Straße, sie bleiben als Trüppchen zusammen

– niemals allein

so auch die Frau des Bauern Fraiteau, die zwischen der Straßenlaterne und meiner Arbeit auftaucht, ich hebe die Stirn; sie blickt mich schweigend an, hat die Kohorte der anderen hinter sich zurückgelassen, kühn starrt sie auf den Hof im Halbdunkel, der Schweiß perlt an ihrem Haaransatz und beißt im Gesicht, dunkle Ränder durchdringen ihr Hemd unter den Achseln, ich kenne ihre verwüsteten Ländereien

– auf meinen Feldern wächst nichts mehr

vor mir stehend neigt sie den Kopf, verkrampft den Kiefer

– Münder hab ich elf Stück an meinem Tisch, alles kleine, aufgesperrte Mäuler voller Zähne – von denen träume ich in der Nacht, Zähne, die sich auf Schnee schließen, die

Eiswürfel annagen, alles, was an Essen und Sattwerden erinnert, Milchzähne, die ausfallen und auf eine Fingerspitze passen, die sich auf nichts schließen, die sich bald auf das Fleisch des Säuglings setzen oder das Leder der Möbel zerkauen: es ist gar nichts mehr auf den Feldern und nichts im Stall, das überlebt, und ich, ich träume jede Nacht von den offenen Kiefern meiner Kinder, ich durchsteche den leeren Schlauch ihrer Bäuche mit Nadeln, so lang wie Arme, und nichts fließt heraus: ich werde keinen Winter damit zubringen, von Mägen voller ausgefallener Zähne zu träumen; hier stehe ich vor dir, ich habe Angst, ich bin müde, was soll ich tun?

ich sage nichts, ich mustere sie, Sulfurian liegt auf dem Strohlager, vor Blicken geschützt, ich spüre, dass seine Augen die Wand durchdringen, meinen Rücken durchbohren, ich wünschte, es gäbe eine einfache Antwort auf die Angst von Aimée Fraiteau, aber ich lasse die Stille zwischen uns anwachsen

– diese Frage, sie ist eine Falle

ich kenne die Gefahren, die alleinstehenden Frauen auflauern

– freien Frauen
– ohne Kinder
– ohne elf Mäuler zu stopfen

das Problem ist nicht Aimée, sondern die Kaskade von Ereignissen, die meine aufrichtige Antwort auslösen würde

– die Verwünschungen
– wie soll man gärtnerische Ratschläge und Güllerezepte geben, die nicht zugleich auch Tränke und Zauber sind

Philomène jedoch hat noch nicht gelernt: nach wie vor mit dem Rücken im Türrahmen lehnend, in Halbkorsage und Rock, die krausen Haare wie einen Heiligenschein rund um ihr Gesicht, unterbricht sie den stummen Austausch und sagt plötzlich mit sicherer Stimme, plötzlich Frau

»stell eine Karaffe mit Milch und drei Münzen unter die graue Eiche«

- armes, verrücktes Kind
- Hohlkopf
- arrogante Närrin

sie hat den Mund aufgemacht, ohne nachzudenken

- die Worte wollten heraus
- ein stolzes, kleines Ding, das nicht die Tragweite seiner Worte bemessen hat
- die Gefahr

ich aber weiß, dass von jetzt an alles kommt, wie es kommen muss: Aimée Fraiteau verschwindet bereits zusammen mit den schmutzigen Rüschen ihrer Röcke, ihre Absätze klappern über den Boden wie die Zähne, die ihre Träume beherrschen; der Abend rundherum ist voller Getuschel, ich höre es, und es wird sich nicht mehr legen mein schöner Teufel ist der einzige, der dem Schraubstock der Sonne standhält; jeden Sommer taucht er bei diesem oder jenem Bauern auf und bietet seine Dienste an gegen eine Handvoll Münzen, ein Brot, Molkereiwaren, Honig; wer immer ihn einstellt, gewinnt dabei, er weiß, wie man Pflanzen ertragreich macht, Bäume, die er geschnitten hat, tragen reife Früchte, die von den Insekten nicht angefressen werden, Bohnen, die er sät, wachsen hoch und höher, und seine Kürbisse und Melonen rollen über die Böden, durchkämmen die Wiesen

– wer ihn einstellt, unterzeichnet einen Pakt, den er nicht versteht
– niemals würde ich zulassen, dass er in meinen Feldern arbeitet: sein Atem riecht nach Schwefel, seine Zähne sind zu weiß und seine Augen zu dunkel
– bleib du in deinem kleinen abergläubischen Elend, aber ich will einen Winter ohne Hunger

er hackt heruntergefallene Äste klein und verbrennt tote Pflanzen, Zäune, die er rund um die Pferdeställe baut, bleiben gerade und kein Fuchs bricht die Gitter seiner Hühnerställe auf; die Bauern schlafen tief und fest: wenn sie aufwachen, sind alle Arbeiten erledigt und mein schöner Teufel im Heuschober eingeschlafen oder in meinem Bett; seine Wäsche, sein Körper, seine Hände riechen nach Vieh, schwarze Erde verschmutzt seine Nägel; er arbeitet nachts, um die Mücken und die volle Sonne zu umgehen, erst nach dem Morgengrauen kehrt er zurück, noch immer nicht erschöpft, ich bin es, die ihn schließlich niederstreckt, und er schläft, noch in mein Geschlecht vergraben, ein; durchnässt stehe ich auf

– es ist so heiß
– seit wie vielen Tagen inzwischen?
– wie viel verlorene Ernte, totgeborenes Vieh?
– wie viele Hühner, die nicht mehr legen?

Aimée Fraiteau hat eine Milchkaraffe mit drei Münzen unter den Baum gestellt, wie Philomène es ihr gesagt hat; nachdem mein schöner Teufel die ganze Nacht auf dem Land gearbeitet hatte, wo er in Dienst genommen worden war, hat er ihren Hof besucht; ich habe ihm das Waisenkind mitgeschickt

– die starken, ungeschickten Arme von Binouche
– gut angeleitet können sie hilfreich sein
– Lasten tragen, Äste sägen, Überschüssiges herausreißen

Sulfurian steckt das Geld ein, trinkt die Milch in großen Schlucken, dann reicht er die Flasche dem Jungen; im Stall kalbt eine Kuh, sie muht in die Nacht; zu zweit beruhigen sie sie, dann binden sie die Beine des Kalbs zusammen und ziehen, den Schüben der Färse folgend, und warten, ziehen, warten, bald fällt das Kalb ins Stroh, eine kleine, weiche, reglose Lache; die Nüstern müssen noch geleert, die Reflexe angeregt werden, das Waisenkind formt eine Schale mit seinen Händen und taucht sie in den Kessel, es gießt ein paar Tropfen Wasser in die Ohren des Kleinen, endlich schüttelt das Wesen seinen Kopf und befreit sich die Bronchien, sein erster Atemzug klingt wie eine Klage, aber bald öffnet es halb die Augen, schon leckt seine Mutter es ab, der Tag steigt über den ausgetrockneten Ebenen herauf

– die Sonne steht kaum am Himmel, schon verbrennt sie das Morgengrauen

auf dem Rückweg baden Binouche und mein schöner Teufel im Fluss, waschen sich Flüssigkeiten und Blut ab; bevor sie hereinkommen, hängen sie ihre Kleider auf die Leine, dann setzen sie sich an den Brettertisch, teilen einen Laib Brot, trinken starken Alkohol, wischen sich den Mund ab und beobachten mich, wie ich den Morgentee zu mir nehme; in der Federei ist alles ruhig: als die Männer schlafen, entdeckt Aimée Fraiteau in ihrer Scheune, dass die fuchsrote Kuh ein kleines, brav nuckelndes Kalb mit schwarzem Fell zur Welt gebracht hat

Tamiel läuft inzwischen zehnmal
– fünfzehnmal
fünfzehnmal am Tag an der Federei vorbei: von einer Patientin aus der Oberstadt zur anderen muss er vom linken Flussufer zum rechten wechseln, und wieder zurück
– das linke Flussufer, das der Händler und Vorarbeiter, Menschen, die mit Zahlen spielen wie andere auf der Geige
– sie kennen die Cité in- und auswendig, reisen jede Saison dorthin
– sie bringen grelle Gegenstände von dort mit
– ihre kitschigen Häuser haben etwas Groteskes und zugleich Trauriges
– das ist ihr zur Schau getragener Reichtum
– sie säen lächerliche Skulpturen in ihren Garten, und Löwen, die den Eingang bewachen
– bei mir sind es zwei Globen aus massivem Quarz auf Sockeln, sie mussten per Schiff vom Orient bis zu uns transportiert werden; wenn das Licht auf sie trifft, bricht es sich, die schützende Ruhe ihrer Aura umgibt das Haus
– Dinge, die von Großspurigkeit sprechen
– von Zerbrechlichkeit
– damit das Vermögen der Neureichen existiert, muss es gesehen werden
– auf der rechten Uferseite blicken strenge Herrenhäuser aufeinander herab
– je glatter, desto nobler
– Generationen von Kostbarkeiten stapeln sich zwischen ihren Mauern
– Hinterlassenschaften einer Nachwelt an die nächste
– jede neue Generation hat nichts anderes zu tun als genau das, Schätze anzuhäufen und sie in den Gewölben zu verstecken
Tamiel geht von den einen zu den anderen

– er könnte aber schon seine Termine bündeln, den Handelsfrauen sagen »ich bin am Morgen bei Ihnen« und den falschen Aristokraten »ich komme am Nachmittag vorbei«

doch die Weizengarbe im Fackelhalter der Federei lässt ihm keine Ruhe: zwischen jeder seiner Patientinnen überwacht er das Repertoire meiner Günstlinge, meiner Ein-Stunden-Leidenschaften

– sobald es ihm möglich ist, bohrt er wieder weiter
– »heirate mich, komm aus deinem Dreck, du musst dich nicht verkaufen«
– er duldet das Verlangen der anderen Männer nicht

nein, das Verlangen der anderen Männer lässt sein eigenes sogar noch anwachsen, was er nicht duldet, ist, dass ich mich diesem Verlangen hingebe, das ist etwas anderes

– »heirate mich und es wird keine Ratte mehr in den Fallen geben, keine Ratte mehr im Bett«
– »heirate mich, wer sonst würde dich überhaupt wollen«

er erschöpft das Repertoire meiner Gunst

das Postamt befindet sich an der Kreuzung der Ober- und der Unterstadt, an der Stelle, wo die gepflasterte Straße und die andere aus gestampfter Erde wie zwei brackige Wasserströme aufeinandertreffen; das Empfangsgebäude ist aus rotem Backstein, aber das Lager aus genagelten Brettern; dahinter fährt die Eisenbahn vorbei und auf den Brettern, die noch Überreste der weißen, abgeblätterten Farbe aufweisen, setzt sich Ruß ab, nun hat die Lagerhalle das matte Grau von Kohle angenommen; der Haupteingang und die Holztäfelungen haben unterdessen eine glänzende Patina und im Amt mischt sich der Geruch von Feuchtigkeit mit dem eines aromatischen Lilienstraußes
der Postbote schwankt so oft zwischen Reichtum und Bedürftigkeit, zwischen der gepflegten Sprache der Bourgeoisie Oberkangoqs und dem Singsang der Arbeiter, die drei Pfennige per Post an ihre Mutter, ihre Cousine, ihren Onkel verschicken, ohne deren Namen auf den Umschlag schreiben zu können, dass er gar nicht mehr weiß, wie er seiner eigenen Freude Ausdruck verleihen soll, wenn er auf meinem Lager ankommt und endlich jede Rolle, alles Gekünstelte ablegen kann: er taumelt zwischen meinen Reizen umher, seine Zunge tänzelt von einer Brust zur anderen, von einer Welt zur anderen
– die ganze Woche jongliert er auf diese Art
wenn wir uns wieder erheben, sind wir bedeckt von Schweiß, Sekret und Sperma; der Postbote ruft wieder und wieder aus »welche Süße in diesem gemeinsamen Moment« und »du herrschst über meine Eier, wie du leckt keine«; er wäscht sich in kaltem Wasser, nimmt seine Schuhe und entfernt sich auf dem Weg; bald dreht er die »Geschlossen«-Pappe um, schließt die Tür des Postamts auf und alles wird wieder »Geöffnet«
drinnen drückt der heiße Sommer genauso wie draußen, die Gluthitze lockert ihren Griff nicht; zwischen den ankommenden und den zu verschickenden Päckchen träumt der Postbote

von winterlichen Liebesspielen, wenn die Kälte beißt, dass das Fleisch und die Brustwarzen sich sträuben

– er stülpt deine Haut über jede von uns
– über heuduftende Bäuerinnen
– über fleißige Hände mit Garnresten und Federn in den Haaren
– reiche Mütter
– arme Mütter mit Kindern auf der Hüfte im Postamt
– die in ihrem Kinderwagen artig schlafen
– unsere geschwollenen, festen Brüste gegen die Nähte unserer Mieder
– Elegante aus dem Land von oben, die rosig und außer Atem die Tür aufstoßen
– unsere Rüschenkleider sind schön, aber zu eng
– unsere Aussteuer ist für einen Jungmädchen-Körper genäht worden, unsere Frauenformen ersticken in den Blusen für Heranwachsende
– der Postbote stellt sich die Beschaffenheit all unseres Fleischs vor in der Rolle des deinen

bald öffnet sich die Tür des Postamts und es ist keine Frau, die eintritt, sondern Bürgermeister Delorgue; er lüftet nicht seinen Hut, ist aufgeblasen und wutentbrannt, sofort beginnt er seine Tirade

»diese verdammte Brücke, das macht sie mit Absicht; es sind nur noch ein paar Planken zu montieren, und da stürzt sie schon wieder ein; hast du eine Ahnung, wie viel so ein Architekt aus der Cité kostet? trotzdem, es sollte wohl einer kommen; die Männer von hier sind zu blöde, zu ungeschickt, sie sind nicht imstande, etwas so zu bauen, dass es solide genug für das Gewicht ihrer Inkompetenz ist«

der Postbote ist von seiner eisernen Bank aufgestanden, er wühlt in den Säcken mit den Briefen, es ist ihm, als hätte er etwas für Madame Delorgue gesehen, einen Brief, der noch nicht in die Postfächer einsortiert worden ist

»dreimal! dreimal! wie ist so etwas möglich, drei Zusammenbrüche? Irgendetwas passiert hier, was mir nicht gefällt«
der Bürgermeister wischt sich den Schweiß von der Stirn, sein Hemd klebt ihm an den Achseln und am Rücken; während er nach den Briefen sieht, holt der Postbote eine Flasche unter seinem Tresen hervor, dazu zwei Gläser, die in eine Hand passen, und schenkt den Alkohol aus
– ein gutes Gläschen zur Mittagszeit
der Bürgermeister grummelt, während er trinkt, weiter vor sich hin »Holzameisen, Biber, Rost auf neuem Metall, und was kommt als nächstes?«
– es ist, weil er sich unsere Beschwerden anhören muss
– mich verstimmt es, dass ich durch die Unterstadt laufen muss, ich habe jedes Mal das Gefühl, dass die Männer dort mir hinterherstarren, ich bin nur noch meine Silhouette, ich mag es nicht, mich erröten zu fühlen, ich wünschte, meine Wangen würden nicht so heiß, wenn ich an den pausierenden Arbeitern vorbeigehe
– Unterkangoq ist ein Land der Körper, der Gebärden, des Schweißes
– alles hier stinkt
– ich möchte dort nicht mehr vorbeimüssen, um zur Kirche zu kommen, zur Bank, zur Post, immer wieder sage ich das zu Bürgermeister Delorgue, aber die Brücke bricht wieder und wieder und wieder ein
– er braucht doch bloß die richtigen Arbeitskräfte einzustellen
– es ist sein Fehler
– sein Fehler, und das werde ich ihm so lange sagen, bis unsere Brücke hält
Bürgermeister Delorgue trinkt trockenen Alkohol, der seine Kehle wärmt, er wischt sich wieder den Schweiß von der Stirn, es ist zu heiß, er weiß gar nicht, wo er anfangen soll, es gibt zu viele Füchse, die bellen und Kadaver auf den Höfen

verstreuen, und es erreichen ihn Beschwerden, als wäre er von Stimmen verfolgt; wo er auch hingeht, vernimmt der Bürgermeister die Gereiztheit erst dieser, dann jener, und wenn er nach Hause kommt, ist es seine Frau, die ihm mit ihren neuen Kaprizen in den Ohren liegt

– und zu mir sagt er »ach nein, ich habe schon alle anderen am Hals, nicht du auch noch, finde Wege, dich selbst zu befriedigen«
– ich kann es dir beibringen, wenn du willst

der Postbote am Schalter sagt nicht viel, seit langem schon ist er in der Kunst des geistesabwesenden Zuhörens bewandert, ein Ohr leiht er den Klagen des Bürgermeisters, nickt vage mit dem Kopf, konzentriert sich aber vorrangig auf seine Arbeit, auf die paar hundert Umschläge, die sich in den Säcken schichten

und dann kommt Victoire, die ihrerseits das Türglöckchen bimmeln lässt, sie tritt ein, ihr schönes Gesicht voller roter Flecken

– was ist das heiß!

der Postbote holt ein drittes Glas hervor, er schenkt der Madame Gattin des Notars einen Schluck aus, und während er Briefmarken verkauft und sorgfältig die Post stempelt, wird im Postamt ein Schwätzchen gehalten

»befindet sich Meister Pierre wohl? Ich hörte, er war krank«

»ja, ja, er kommt wieder zu Kräften«

»die Hitze beeinträchtigt ihn nicht zu sehr?«

»er ermüdet schnell, aber er kümmert sich um die Mädchen, er hat für jede von ihnen kleine Puppenkleidchen genäht«

»ah! da ist also das Talent der lieben Adèle hingewandert«

kalter Schweiß rinnt Victoire von den Wangen bis zu ihren Schenkeln, sie beißt sich auf die Lippen, hätte den Mund halten sollen, sie arbeitet so hart daran, die Arbeitervergangenheit ihres Mannes zu ignorieren

– etwas Schlimmeres als diese Schande gibt es nicht …

nun ist es Tamiel, der seinerseits die Tür aufstößt, Victoires Herz macht einen Satz, aber der Postbote bricht in Gelächter aus »Doktor! haben Sie einen Karren mitgebracht? Sie gehen wohl aufs Ganze mit Ihren Bestellungen! möblieren Sie komplett um, oder was?«
alle richten sie die Augen hinter den Tresen und sehen auf einmal den hohen Stoß von Kartons und Beuteln, Tamiel lächelt wie ein Kind, seine Grübchen vertiefen sich und Victoire schmilzt dahin

– hast du ihn schon mal aus der Nähe gesehen, diesen Mund, diesen Kiefer
– den Mund des Arztes
– knapp übertroffen von seinen schönen großen Händen

Tamiel begutachtet den Umfang seiner Bestellung, er fährt mit der Hand in seine hellen, weiß durchzogenen Locken

– das macht er absichtlich

bald entfernt er sich wieder mit der Schubkarre des Postboten und verspricht, sie wiederzubringen, er nimmt seine Schätze mit und Victoire verflucht insgeheim die Glückliche, die Erwählte

Pierre Arquilyse hört seine Frau hereinkommen und mit einem Schlag kippt die ganze Energie im Haus; Victoire legt die Post in die Kristallschale und verlangt lautstark nach ihrem Mann; irgendwo im unteren Stockwerk antwortet eine Stimme »Monsieur schläft«

– Pierre
– Klein-Pierre
– erhebt sich nicht

die Stimme setzt hinzu »er ist unpässlich«

– unpässlich, unpässlich, und ich zähle die lächerlichen, verschwendeten Tage, Wochen und Monate seines phantasmagorischen Elends, ich sage »das sind Kindereien«, ein bisschen Puder auf den Wangen, ein paar Haare von einem vor zwanzig Jahren gestorbenen Mädchen, und da soll ich in Tränen zerfließen? ich brauche jemanden, dem ich davon erzählen kann
– es geht ihm nicht gut
– ich brauche jemanden, der mich bedauert

die Pillen im Schlafzimmer sehen aus wie Süßigkeiten, Pierre muss nur die Hand ausstrecken, und schon fließen die Wehklagen in den Fußboden des Salons; er lässt die Tabletten zerschmelzen und schließt die Augen, die Wände um sein Bett herum füllen sich mit geometrischen Mustern, Farben, die nicht im Zimmer sind, brechen auf, pastellene Taft- und Seidentöne, geblümte Bundschuhe, Lamé- und Samitstoff; in seinem Bett versunken erkundet Pierre ein Land von Stoffen, die seine Sinne in Wallung bringen, seine Lippen berühren einen imaginären Samt, der mit meiner Haut verschmilzt: und meine Kehle, mein Körper, meine Kleidung lassen sich nicht mehr voneinander trennen

– du bist die Puppe
– ein schönes Spielzeug für reiche Kinder
– das Kleid auf dein Fleisch genäht

Pierre hält die lange silberne Nadel, er spult dunkles Haar auf, er ist es, der das Mieder auf meine Haut näht; jedes Mal, wenn er mich sticht, tropft helles Blut, dasselbe, das er in der Federei gesehen hat

– Klein-Pierre halluziniert

er hält das Kleid an meinen Oberkörper und seine Hände füllen sich mit Federn, er schnappt nach Luft, um ihn schließen sich die Wände des Zimmers und die Stoffe verschlingen ihn; plötzlich kippt das Opium in Entsetzen: es ist ein langsames Ertrinken in Fluten von Satin, Organza und Popeline; er möchte schreien, aber seine Stimme hat er schon vor langem unter den Wehklagen Victoires und den trommelnden Späßen seiner Töchter verloren

– er wird wieder einschlafen
– findet er den Weg aus dem verworrenen Land des Opiums?

er weiß, dass ich der einzige Ausweg bin

- VII-

DIE YAGA

die Frau, die dieses Lädchen hier vor mir führte, hat sich, als sie die Tür der Federei hinter sich schloss, einen Namen gewählt, ein endgültiges Gesicht: ihr Dasein als alte Frau verbringt sie nun in einer Hütte, den Blicken entzogen, zwischen gusseisernen Kochtöpfen und den Lebensfäden, die sie spinnt

– die Yaga
– dies ist der Name, den sie angenommen hat
– die Yaga
– trotz der Jahre auf ihren Hüften und ihrem geweiteten Becken noch immer anziehend
– ein Magnet
– wo sie am Fenster auftaucht, geht eine Seele mit ihr
– die der Ahnin
– die des Hundes
– eine Seele, welche auch immer
– die Yaga ruft sie an
– sie nimmt sie in Empfang
– leitet sie

sie hat die Lebenden verlassen, um für die Toten zu sorgen

– wenn ich jemandem über mein Leben hinaus folgen sollte, würde ich diese Frau nicht aus den Augen lassen
– ihre wachen, furchtlosen Pupillen

als Kangoq sich seiner herbstlichen Frische erinnert, steigt die Yaga in kleinen, engen Schritten aus ihrem Wald herab, mit schlingernder Hüfte einen Fuß vor den anderen setzend humpelt sie bis zur Federei, sie schleift ihre Stiefeletten durch die Blätter, die Nase voller Rauchdüfte

Philomène und ich sitzen in der klammen Kälte auf der Veranda, das junge Mädchen hat die Perlenarbeit an ihrem Kleid beendet, nun konzentriert sie sich auf die kolossale Weite des Rocks; ich beobachte die Yaga, die auf der langen Gasse näherkommt

– sie geht
– man meint, sie zieht den Regen hinter sich her
– Passanten senken den Blick, sie wollen nicht gehen, es ist zu früh, ihnen bleiben doch noch ein paar Wendungen zu leben
– andere starren sie an
– eine Mischung aus Anziehung und Angst
– sie aber schaut alles und jeden an

vor der Federei kommt sie schließlich zum Stehen; sie heftet ihre blauen Augen in meine, halb öffnet sie den Mund, doch sie muss nicht sprechen, ich sage »ich weiß«

– »ich weiß«
– wir alle wissen es

»ich brauche noch Zeit, gib mir den Herbst, sie hier ist noch nicht bereit« und ich deute mit dem Kinn auf Philomène, den Wirrkopf; dieses Mal ist es die Yaga, die beipflichtet

– ich weiß, bring zu Ende, was du angefangen hast

sie setzt sich auf den kleinen, krummen Stuhl, auf den, der immer draußen bleibt, der Witterung ausgesetzt, sie setzt ihren runden Hintern darauf, ihr Hexenbecken, und entflechtet ihren Haarschopf, der am Rücken hinabwallt

– diese vielen weißen Locken
– diese große Flut

ich massiere ihr den Kopf mit den Fingerspitzen fest am Schädel, ich spüre das Gerippe des Todes, ich entwirre ihre Mähne zwischen meinen Knöcheln, dann gehe ich die kleine silberne Schere holen, die Tamiel mir geschenkt hat, und wähle einen Faden, ein Licht aus, um die Federnstickerei auf meinem Grabkleid zu vollenden, ich ziehe die Haare eines nach dem anderen hervor, schneide sie eines nach dem anderen, und spule sie auf ein Holzröhrchen

– eines dieser Haare nach dem anderen

– ein Talisman

– ein Schicksal

in die Korsage eingestickt, werden sie meine Rippen umschließen wie der Gänsedaunen

– die Umarmung der Yaga

Philomène bemerkt Pierre als Erste

– Klein-Pierre

– Opium-Pierre

– Pierre ohne Spiegel

er kommt den Weg hinunter: seit er den Dienst wieder aufgenommen hat, muss er jeden Tag den Weg unten entlang nehmen

– wie alle anderen auch

von den Passanten aufgewirbelter Straßenstaub treibt umher, Pierre tupft sich die Stirn mit dem Schnupftuch, auf dem seine Initialen verschmutzen; wenn er nach Hause kommt, ist das schöne Leinen seiner Hemden von der Erde gelb geworden, seine jüngste Tochter sagt »du stinkst nach Kuh« und Victoire rümpft die Nase, jeden Abend wieder; Pierre schwitzt trotz der hereingebrochenen Frische zwischen einem Haus und dem nächsten, und sein männlicher Geruch ekelt ihn an, er würde sich am liebsten selbst auslöschen

ich stehe in übereinandergeschichteten Lumpen am Straßenrand, ein großes Schultertuch aus Wolle schützt mich vor dem Wind; die Yaga sitzt auf dem Stuhl, die Silberschere glänzt in meiner Hand, Pierre kommt vorüber

– er hebt die Augen

er sieht den Glanz der Klinge in den weißen Haaren und sogleich kommt ihm wieder das schwarze Haar des Straßenkinds in den Sinn, die kleine Ertrunkene, die Rasende in dem Ozean des Begehrens

– erinnerst du dich an uns?
– erinnerst du dich an mich?

er denkt »das ist dieselbe Schere«

er spürt die Mischung aus Verlangen, Körperscham und Entsetzen; ich trage alles Verbotene an mir, das weiß er, er wühlt in seiner Tasche, sucht die Pillen

– er schluckt mehr davon als nötig

in diesem Moment kippt etwas in ihm: er hält an, dreht sich zu Philomène um und sagt zu ihr »verschwinde«

– wie sie dich ansieht

»verschwinde«

– sie ist doch nicht verrückt, das schöne Kind

»gehen Sie«

– du könntest sie in der Federei dabeibehalten
– ihre Gegenwart als Barriere zwischen der Gefahr und dir

die Yaga nickt kaum merklich mit dem Kopf und Philomène auf der Türschwelle fröstelt; Nieselregen setzt ein, ich wende mich dem jungen Mädchen zu

»lauf, es ist gut«

– sie versteht, legt ihr Kleid ab
– sie bewegt sich langsam

während sie die krummen Stufen der Veranda hinuntergeht, überschreitet Pierre Arquilyse die Schwelle zur Federei, inzwischen habe ich nicht aufgehört, die Haare der Yaga weiter auf die Spulen zu wickeln; als sie aufbricht, öffnet die Alte ihre Lippen, und wieder sage ich »ich weiß«

ich weiß

ich habe meine ganze zerlumpte Kleidung abgelegt, denn ich muss die zerbrechliche Version von mir sichtbar machen; Pierre steht still inmitten der Unordnung, überall stapeln sich Federn und Kadaver von Feldhühnern und Enten; sie ziehen vom Norden herunter und die Jäger horten die Beute, das Waisenkind hat es noch nicht geschafft, alle Tiere aufzuhängen, es lernt langsam, aber es lernt; Pierre ist eine frigide Statue mitten im Chaos, er versteckt sich in seinem Seidenschal und schaut mir zu, wie ich eine Ecke der Federei freiräume, dann ziehe ich die Kleidertruhe hervor, die das ganze Gewicht ihres Schatzes wiegt, sie scharrt über den Boden und als sie dasteht, offen, fühle ich plötzlich Pierres Hand auf meiner Schulter, er schiebt mich herrisch zur Seite

das Feuer im Raum wird schwächer, ich bin nackt, Pierre führt mich zur Feuerstelle, er stellt mich so, dass ich nicht friere, er rollt meine Arme am Körper entlang ab und hält sie an Ort und Stelle, er schiebt zwei Finger unter mein Kinn, hebt meinen Kopf

– fixiere die Wand vor dir

er entfernt sich, betrachtet meine Haltung, kommt zurück, streift über meine Lippen, damit ich sie leicht öffne, er braucht nichts zu sagen, zu befehlen: die Szene spielt sich wortlos ab; er wendet sich um und beugt sich nach unten

ich lasse ihn das Gewand auswählen

– er braucht eine große Puppe
– sei dieses leblose Ding
– das manipulierbare

ein Körper ohne Kopf sein, das ist die schwierigste Übung der Lust, Pierre Arquilyse weiß das, wie oft hätte er sich gerne selbst getilgt, hätte nichts sein wollen als ein Glied in Victoires kleinen, rauen Händen, hätte auf das Verlangen seiner Frau geantwortet, indem er sein eigenes zum Schweigen brächte; in der Federei ist es anders: als er mich anfasst, bin nicht ich es, die er befühlt

– es ist eine andere
– es ist er selbst

er wendet sich ab, findet die Aussteuer und berührt leicht das jägerinnengrüne Kleid, das pelzbesetzte, von mattem Gold durchwirkte

– das Kleid, das die Wucht des aus seinem Sprung gerissenen Tieres zwischen den Nähten bewahrt
– große, überraschte Raubtiere
– in einem Moment noch heißblütig, im nächsten auch sie zur Puppe geworden

er dreht und wendet mich, misst meine Taille mit seinen Händen, beugt sich erneut über die Kleider, prüft die Breite der Korsage

– man sollte es ihm sagen
– alle Kleider werden passen
– sie passen sich den Federfrauen an, seit Anbeginn des Federkleids
– man sollte es ihm sagen
– aber sprich nicht, bleib vor allem Puppe
– stilles Spielzeug

offenbar ist er nicht in der Federei, sondern in der Werkstatt seiner Mutter

– Adèle, die Bucklige
– Adèle, gestorben am Ende des Fadens
– seine Kindheitserinnerung verschlingt ihn, Adèle wettert
– »nicht anfassen, Klein-Pierre, du wirst noch alles ruinieren«
– ich sagte zu ihm »nicht anfassen, weißt du, wieviel Zeit es braucht, um auch nur den kleinsten Flecken aus so wertvollem Satin zu waschen?«
– »nicht anfassen, wer will schon deine schmutzigen Finger auf seiner Seide?«

nun kann Pierre alles greifen, packen, zerknittern und ausleiern, Kleidung, Stoffe, Haut; jede alte Wunschvorstellung wird

Möglichkeit; über die Truhe gebeugt hebt er den Taft und die Charmeuse-Seide heraus, er verweilt lange bei einem Trauerkleid mit kohlschwarzer Samtschleppe und zwirnbesticktem Schleier
– ein Schwarzes Loch in der Federei
– Samt schluckt das Licht
– die Geräusche
Pierre steht regungslos vor dem prachtvollen Dunkel; seine Finger fahren über den ebenholzschwarzen Halsausschnitt: eine andere vor mir hat dort böhmische Kristallperlen aufgenäht, die vom Kragen scharlachrot auf die Schultern rieseln und sich in einem langen Strom auf dem linken Ärmel erschöpfen
Pierre
– Klein-Pierre
dreht sich um
– hypnotisiert
– angsteinflößend
und berührt meinen Hals, er zeichnet auf meiner Kehle den blutigen Weg der Perlen nach, ich bewege mich nicht, seine Hand ist kalt auf meiner schwankenden Wärme; hinter dem Fenster regnet es, drinnen erlischt das Feuer, das man schüren müsste
– bleib Puppe
– bleib
Pierre runzelt die Augenbrauen und hebt die Stirn, er legt das schwarze Gewand in die Truhe zurück und lauscht dem Sturzregen, der auf das Dach trommelt, dann dreht er sich wieder zu mir um, er wiegt mit der Hand meine Brust, begutachtet meinen Bauch, nicht so, wie Männer den ihrer jungen Verlobten mustern, sondern so, wie Schneiderinnen den Rumpf ihrer Kundin anhand des Gewichts und mit dem Auge ausmessen, wenn sie im Durcheinander der Werkstatt das Maßband nicht mehr finden, der Regenschauer peitscht übers Blech, Pierre

entdeckt das nebelfarbene Kleid, sein hauchdünner Stoff scheint aus Luft und Regen gewoben, so leicht, dass er nur einen kühlen Nieselregen auf der Haut hinterlässt
»ha« sagt er »das«

– ich wüsste gerne, an was du denkst, während mein Mann dich anzieht mit seinen Mutter- oder Dienstmädchen-Gesten, seinen Frauen-Gesten; wenn er schon nicht die männliche Leidenschaft deiner gewöhnlichen Kunden hat, ist er dann wenigstens hierin geübt, in dieser Gewalttätigkeit, der weiblichen Bosheit beim Entwirren der Knoten im Haar einer anderen, im Zuknöpfen eines Rocks über einer schlankeren Taille? kennt er die heimliche Befriedigung, die eigene Tochter nur ein klein wenig zu ersticken, wie unsere Mütter uns damals die Luft genommen haben? zieht er sie zu fest, die Schnüre des Korsetts? und wenn er den Schuh über deinen Fuß zieht, macht er es absichtlich so, dass deine Zehen gegen das Leder stoßen?

Pierre Arquilyse kleidet mich sanft an, er hebt meine Arme, schiebt das Unterkleid auf meine Schultern, er berührt die Spitze, nimmt das farblose Korsett, ich spüre seinen Atem in meinem Nacken, während er das Torselett zubindet; seine großen Hände zittern über den Haken der bestickten Unterröcke, er schichtet sie übereinander

– der erste schützt den zweiten
– der zweite deckt den dritten

dann richtet er das Kleid; ich weiß nicht mehr, wann ich es zum letzten Mal anhatte; ich war wohl kaum eine Frau, gerade einmal in Philomènes Alter; Mieder und Rock fallen trotzdem genau, wie sie sollen, und hier stehe ich nun exakt so, wie Pierre mich haben will, eine makellose Puppe; also nimmt er mich beim Arm, führt mich zum Fenster hinüber, zum Spiegel, und holt Kajal, Rouge und Fette hervor, er zeichnet meine Augen und Lippen; erst ist er konzentriert wie die Porzellanmaler, die ihre Puppen schminken, doch bald trägt er zu viel Puder auf meine Wangen auf, und sein Werk, das anfangs noch behutsam gewesen war, wird grob, eine Parodie; plötzlich reißt die Erinnerung seines Gesichts, der grotesken Figur im zerbrochenen Spiegel Pierre mit sich fort, er vergrößert meinen Mund, das rote Fett tritt auf meine Haut über

– schließ die Augen

– Pierre ist nicht bei dir

– du kannst ihn dort, wo er hingeht, nicht begleiten

die Schminkkreiden graben sich in meine Haut, stoßen gegen die Augäpfel hinter meinen Lidern

– sag nichts

– sei weiter Puppe

schließlich räumt er die Kosmetik weg, hebt mein Kinn ins Licht, starrt mich an, ohrfeigt mich, starrt mich an, ohrfeigt mich, ich flüstere »es gibt keine Schande«

– sei still

er stößt mich gegen die Tür und entfernt sich, er läuft hin und her, von einer Seite zur anderen, das nervöse Zucken eines Körpers, der nach einem Weg sucht, sich aus sich selbst herauszureißen; Pierre wendet sich mir zu, das Mieder ist mit Schnörkeln verziert, die sich vom Bauchnabel über die Hüften und Rippen ausdehnen, als würde der Käfig, der das Herz beschützt, sich öffnen, Pierre sieht meinen Bauch, der sich unter dem Silber der Stickereien spaltet, meine preisgegebenen Organe und, plötzlich, meinen Rumpf, umwickelt von Kinderzöpfen, die wie Wurzeln aus meinen Seiten wachsen: das Kleid erwacht in einer Weise zum Leben, die ich nicht kontrolliere, die Schere im weißen Haar der Yaga fällt Pierre wieder ein, die kleine Ertrunkene fällt ihm wieder ein, er hört Adèles Stimme »nicht anfassen, du wirst noch alles ruinieren«

– nicht anfassen

er möchte die Schere nehmen und sie in die Kleider hineinstoßen, die Posamente abrupfen, die Korsage aufreißen

– Achtung; jetzt, Achtung

er hat die schwere, schwere Blutwanne angehoben, voll aufgefüllt am Ende des Tages

– nicht anfassen, Klein-Pierre

– ruiniere nicht die schönen Kleider der Damen

er wirft sie nach mir, ich hebe die Arme, um mein Gesicht zu schützen; noch bevor ich sie wieder senke, hat er sie schon mit beiden Händen gepackt, er zerrt mich zur Hintertür und stößt mich nach draußen, der Regen prasselt auf den Boden, die Kälte beißt mir in die Haut, ich falle in den Schlamm; Pierre bleibt im Türrahmen stehen, er sieht mich auf der Erde an, er lacht, der Regen wäscht das Blut von meinem Gesicht, er lacht; wenn er könnte, würde er mich durch den Morast wälzen, aber irgendetwas lähmt ihn auf der Schwelle seiner Lust, er hält inne

– warum bleibt er dort unbeweglich stehen?

– und du, warum bleibst du im Schlamm liegen?

ich warte, dass er entscheidet, ich warte ab, auf welche Seite sein Zorn fällt

ein Zittern durchfährt mich, und da steht er plötzlich neben mir; er hebt mich auf, nimmt mich in seinen Arm, er trägt mich wie ein krankes Kind, er küsst mir die Stirn, die Wangen, drinnen feuert er den Ofen an, behutsam zieht er mich aus; ich überlasse mich dem Schlottern, ich weiß, dass er es mag, er will Reue zeigen, also spiele ich mit ihm zitternde Frau; er zieht mich nahe ans Feuer, er tupft mich mit einem Handtuch ab, das sich vom Blut aus der Wanne verfärbt, er schminkt mich flüchtig ab, mein Gesicht ist grau von all den vermischten Rougetönen und großen schwarzen Strömen unter den Wimpern; er trägt mich aufs Bett, legt mich hin, er breitet das schmutzige, feuchte Kleid über mir aus, er schließt meine Augen mit einer Hand, der Daumen auf einem Augenlid, der Zeigefinger auf dem anderen; ich bleibe still, den Mund leicht geöffnet in vorgetäuschtem Schlaf, schlotternd; bald spüre ich die Bewegung seiner Hand an seinem Geschlecht und seine andere Faust, die den Stoff zerknittert, meine Bauchhaut wringt; er liebkost sich selbst, und als er kommt, sind es die schmutzigen Stoffe, in die er sich verteilt während Pierre Arquilyse das Kleid reinigt und jeden Spritzer so lange einreibt, bis die Seife Blut und Sperma löst, während er die befleckten Röcke wieder in ihr reines Weiß zurückführt, sitzt Philomène im Schuppen auf einem Scheitholzhaufen und wartet geduldig

– sie könnte nach Hause gehen
– von der Federei aus drei Türen weiter
– sie könnte, aber mit ihren Schwestern, Brüdern und Eltern kann sie nicht mehr zusammen sein, der Weg, der sich vor ihr abzeichnet, ist so weit entfernt von dem ihren, was hätte sie ihnen noch zu sagen?

mitten im Scheitholz sitzend wartet sie

– die Kleine, die damals Töpfe küsste, erscheint weit weg

sie hat das furchteinflößende Lachen des Notars gehört, wollte aufstehen, nachsehen, was sich auf der anderen Seite der Stellwand abspielt, aber eine Kraft hat sie an ihrem Platz gehalten, sie hat sich nicht gerührt und rührt sich noch immer nicht; die Szene, der sie beiwohnt, spielt sich in ihrem Kopf ab, das Lachen des Notars und die Schere, die in das Kleid dringt, in meine Seite dringt, Blut fließt und verteilt sich in Abertausenden von roten Perlen, kleine, im Licht schillernde Rubine, es sind die Perlen, die sie seit Monaten auf die Korsage ihres Kleides näht

– wie soll man Intuition und Traum unterscheiden?

die Federei quillt über vor seltenen Edelsteinen, mein Blut tränkt imaginäre Böden, Philomène bewegt sich nicht, ihr Geist hängt fest in einer Wolke aus Steinchen und Federn

im Hof taucht Déléanne auf, die jedoch nichts von Pierres Wut gesehen hat; der Regen prasselt auf ihre Kleidung, am Hang hat eine Karosse sie bespritzt, sie ist durchnässt und schlammgesprenkelt, unter ihrem Mantel hält sie ihr Nähkästchen, dessen gehärteten Karton sie zu schützen versucht; als sie über das Mäuerchen steigt und den Gänsefriedhof überquert, bemerkt sie die nasse Kuhle, die mein Körper in den

Boden gegraben hat, aber sie folgt ihrem Weg bis zum Holzschuppen, ohne sich Fragen zu stellen

– schöne Trägheit

– wozu über das hinausdenken, was unmittelbar klar ist?

immer, wenn die Weizengarbe im Fackelhalter blüht, geht die kleine Verlobte weiter in den Hinterhof, sie schlurft bis zum Schuppen, setzt sich zwischen die Äste, holt ihre Aussteuer hervor und wartet, dass die Männer wieder aufbrechen, während sie im Duft der Säfte und Harze näht

wie jedes Mal geht sie auch jetzt wieder hinein; die Haare kleben ihr an der Stirn und ihr Kleid am Körper, der Schatten ihrer Brustwarzen drückt sich durch die übereinanderliegenden Blusen, sie schlägt ihre langen Wimpern auf, ihre Augen gewöhnen sich an den Halbschatten des Schuppens, da bemerkt sie Philomène, eiskalt und entrückt; die Schülerin war zu schnell aufgebrochen, sie hat weder Jacke noch Mantel mitgenommen, sie zittert, ohne sich dessen bewusst zu sein, ihre Wangen sind rosig, rund, kalt, frei verfügbar

– sie machen Lust, hineinzubeißen

– Herbstäpfel

Déléanne drückt ihre warmen Lippen auf das kühle Fleisch ihrer Freundin; Philomène wird von dem Kuss aus ihren Gedanken gerissen, erst schreckt sie hoch, doch ihr Zurückweichen verwandelt sich in Lachen, als sie Mäuschen erkennt: alle Nervosität, jedes Entsetzen fällt auf einen Schlag ab; zerzaust sitzen sie nebeneinander, von einer unkontrollierbaren Heiterkeit ergriffen, die ihnen in die Seiten beißt und den Oberkörper beugt

sie ringen nach Luft und bemerken gar nicht, welche von ihnen als erstes für die andere entflammt, aber aus dem verrückten Lachen wird etwas anderes, bald sind sie Körper an Körper, zwei gierige Freundinnen, die mit vollem Mund auf dem Mund der anderen zergehen, ineinander verschlungen wie Zwillingsbaumstämme

– wenn mein Bürgermeister von einem Ehemann mein Geschlecht küsst, wünschte ich, er würde sich mir mit dem Eifer dieser beiden widmen, die sich da gegenseitig entblößen, ich möchte ihre Kühnheit, ihre Euphorie, ich möchte mich wie sie ohne Befangenheit verflüssigen können, ganz weich werden, eine sich anbahnende, rollende Flut, eine Brandungswelle, ich will, dass die Lust mich für ein paar Sekunden tötet, Zeit genug, mich zu verlieren und zurückzukommen, ich will die Geringschätzung eben jenes Mannes vergessen, der mich aus Pflichtgefühl durchwühlt, und glühen wie diese beiden Kleinen, die sich packen und außer Atem bringen, die von einem kindlichen Elan strotzen, einem Elan, der schnell wächst, wild wächst

Pierre pflegt die Seide, weicht sie ein und näht die Steinchen wieder an, die im Schlamm abgeschabt wurden; der Tag geht zu Ende, die Nacht steigt früh herauf; Déléanne kostet endlich von hungrigen Lippen; lieber hätte sie gehabt, es wären die ihres Verlobten gewesen, aber für den Augenblick stillt jedes Verschlingen ihren Hunger

lange bevor es dunkel geworden ist, hat die Yaga ihre Hütte am Waldessaum wieder erreicht; auf ihren Stock gestützt setzt sie sich mit einem dumpfen Seufzer hin – sie hat nicht mehr die Hüften wie einst – und wendet sich wieder ihrer Stickerei zu, da bemerkt sie plötzlich die Verflechtung der Fäden von Déléanne und Philomène; »sieh an« denkt sie, als hätte der Webstuhl ihr ein Schnippchen geschlagen im Herbst wendet mein schöner Teufel seinen Feuereifer nach Norden: sobald wieder Frost liegt, reist er zurück in den Winter, in das hohe, eisige Land, das sich jenseits des Waldes erstreckt; er kennt alle Wege, die zu den arktischen Kreaturen führen, und ist er dort, dann stellt er Fallen und jagt, zuerst Schneehühner, bald aber Seewölfe und Silberfüchse, und wenn er im Dezember zurückkommt, erzählt er mir vom Hasenfallen-Stellen und Narwal-Wildern: ich erfahre, dass sie mit zehn Männern am Rücken des Meereseinhorns andocken, es dann mit den Spitzen ihrer Harpunen gerade so sehr verletzen, dass sie es zwischen die Eisschollen lenken können und es Richtung Packeis zu ihrem Lagerplatz führen, erst da erlegen sie es, ohne selbst das Tier transportieren oder über ihre Kräfte hinaus navigieren zu müssen

in Kangoq unterdessen schiebt Aimée Fraiteau, trotz des hereinbrechenden Herbstes und obwohl die Erntezeit vorbei ist, Münzen unter ihre Eiche, drei Pfennige und eine Süßigkeit; jede Nacht, wenn ich einschlafe, höre ich den Waisenjungen, der aus seinem Liegeplatz herausklettert, in seine dicken Stiefel und seinen Parka schlüpft, eine Laterne anzündet und in der Dunkelheit verschwindet; vor dem Sauerteig, dem Käse, den Äpfeln stehend versucht er, seine Aufgabe zu erraten, die verschleierte Bitte, und macht sich dann an die Arbeit, wie Sulfurian es ihm beigebracht hat, die Münzen sammelt er ein, sie kommen zu denen vom Vortag, den vorigen Abenden, in seine Tasche, die allmählich immer schwerer wiegt

kurz nach dem ersten Schnee findet er zwölf Eier unter dem Wunschbaum; er betrachtet sie lange, dreht und wendet sie in seiner schmutzigen Handfläche, irgendetwas bremst ihn, seine Schritte zum Hühnerstall sind schwer; im Inneren brüten Fraiteaus Hühner dicht an dicht, seine schönen, seltenen Hühner aus anderen Dörfern; es ist das einzige Vieh, das in den von Sulfurian sorgfältig abgesicherten Nistkästen die Füchse überlebt hat als Binouche die Tür aufdrückt, stört ein kalter Luftzug ihren Schlaf, sie rücken noch enger zusammen, verschmelzen zu einem Drachen mit fünfzehn Köpfen und ebenso vielen ungleichen Federkleidern; der Waisenjunge hängt seine Laterne an die Decke, ein paar Vögel ziehen den Schnabel unter dem Flügel hervor, als das Licht auf sie fällt, sie erkennen den Beaupré-Burschen, seine linkischen Bewegungen, seine ungeschickte Haltung: manchmal ist er es, der ihnen Körner bringt, das Wasser erneuert und das Stroh wechselt; sorglos schlafen sie wieder ein, Binouche zählt noch einmal die Eier, drei blaue, fünf braune, vier weiße; er beugt sich über die Hühner und nimmt ein dunkles auf den Arm, er liebkost es, streichelt seinen rötlichen Glanz, massiert das steife Nackenfleisch, dann packt er es mit ruhiger Hand um den Hals und hält es mit der anderen fest, das Maranhuhn wehrt sich in dem engen Schraubstock, der Waisenjunge drückt seine Wange gegen den kleinen Kopf, der sich schon bald auf die Seite legt; »schön schön«, sagt er und reibt über den weichen Bauch

»schön schön«

– er weint
– endlich Männertränen
– ohne Aufsehen, ohne einen Laut

er greift das Beil, das an der Wand hängt und schneidet den bereits toten Hals auf, das Huhn rennt nicht umher, sondern entleert sich sachte über seine Schenkel, der Waisenjunge wischt sich mit dem Ärmel die Wangen trocken, er hängt den Vogel an den Dachbalken und weint erneut, als er sich über ein zweites Maranhuhn beugt und es mit Fürsorge umgibt

bald hängen sie zu zwölft Seite an Seite über ihren Eiern; ein langes, stilles Gemetzel: die drei übriggebliebenen lebenden Hühner sind nicht einmal aufgewacht, sie schlafen noch immer, als der Waisenjunge das Blut Richtung Tür fegt; jetzt bedauert er, dem Federvieh nicht draußen die Hälse aufgeschnitten zu haben: das Holz ist durchtränkt, und so sehr er auch schrubbt, es ziehen sich lange, dunkle Rinnsale von einem Stall zum anderen; die Füchse draußen lachen hämisch wenn er abends die Tür seines Arzthauses hinter sich zumacht, sucht Tamiel die drei großen Schlüssel an seinem Bund hervor und verriegelt nacheinander jedes der Schlösser

– manchmal behalten seine Hände den Geruch von feuchtem Eisen
– er sieht nach meiner Zunge, berührt meine Zähne und seine Finger schmecken nach Metall
– nach Rost

er drückt die Tür mit seiner Schulter zu und versichert sich, dass das Holz nicht gearbeitet hat, die dicken Bretter knarzen nicht, nichts bewegt sich in seinem Arzthaus, nichts bewegt sich

er zieht seinen nassen Parka aus, der Regenschauer ist durch die Wollschichten gedrungen, er zündet den Ofen und die Öllampe im Salon an, geht in die Küche, bereitet sein Mahl zu und kehrt ins Esszimmer zurück, seine vor alles Nächtliche gezogenen Vorhänge sind dick, Tamiel poliert das Silberzeug mit einem gehäkelten Tuch, reiht Trinkschalen und Becher gerade auf, füllt die Karaffe und kommt mit dem Porzellan und den Gewürzen zurück; steht das Gedeck an seinem Platz, dann schenkt er Wasser aus und trägt dampfende, gut nach geschmortem Fleisch duftende Gerichte auf; er setzt sich ans Kopfende des Tisches und schaut nach links, zu dem leeren Stuhl mit dem vollen Teller, er hebt den Blick und sagt »und was, glauben Sie, wird sie wohl essen, in ihrem Elendsloch?«

– er spricht zu niemandem
– trotzdem, seine Stimme, sein Tonfall … man könnte meinen, da ist jemand
– das Haus ist leer
– ich bin es, an die er sich wendet; ob ich da bin oder nicht, ist ihm egal, er spricht jeden Abend mit mir, serviert mir einen Teller, ich esse nichts, er serviert mir weiter, ich bin nichts als der Schatten eines Schattens, und dennoch: jeden Abend »Cora, meine Kluge, Cora-Mance,

die Sie mein Herz kennen, Cora, was, glauben Sie, isst sie in ihrem Elendsloch?«; manchmal verzweifelt er, dann presst er Tränen hervor und wiederholt »dieses Elendsloch, diese Ratten, sie schläft auf dem Boden, und die Männer, all die Männer fassen sie an, wie es ihnen gefällt, selbst die Frauen ziehen Nutzen aus ihrem Gewerbe«; manchmal empört er sich »für Sie war ich gut genug! wie ich Sie verehrt habe, wie ich Sie geliebt habe! weiß sie das denn nicht, dass ich das einzige Mädchen geheiratet habe, das kein Mann jemals gewollt hätte?«, dann betupft er sich die Stirn mit einer Serviette, er räuspert sich und bald schlägt er mit der Faust auf den Tisch »ich biete ihr Friede und Luxus, sagen Sie mir, dass dieses Mahl nicht besser ist als ihr ranziges Brot, als ihre Eier, die sie gegen eine Elle Haut eintauscht«, er steht auf, setzt sich hin, steht wieder auf, serviert den Kaffee und verschüttet ein paar Tropfen zwischen die Tassen »na bitte, wenn sie nur wüsste, dass niemand sie je so sehr wollen wird wie ich, sie würde vor Dankbarkeit den Tisch ablecken«, er zittert, es ist unerträglich; um sich zu beruhigen, nimmt er den noch vollen Teller, durchquert den Salon, geht hinüber zum grünen Samtdivan, bis zur mit Pfingstrosen bedeckten Tapete, er schiebt die Tafel neben der Bibliothek zur Seite und sagt zu mir »Sie bleiben hier unten, was oben passiert, geht nur mich etwas an«

er steigt die Hausmädchentreppe hoch, die im Zwischenraum der Wände versteckt ist, und vor dem Zimmer holt er den Schlüsselbund wieder hervor, er sucht einen kleineren Schlüssel aus schwarzem Gusseisen heraus, entriegelt eine erste Tür, stößt sie auf und schließt sie wieder, er steht vor einer zweiten, die mit vier von Scheunentoren gestohlenen Riegeln verstärkt und geschlossen ist; der Teller zittert in seiner Hand, das Porzellan ist zu heiß, er tritt ins Zimmer, zündet die Lampe an und stellt das Gericht auf den Tisch

– hier ist niemand

wer sieht dieses mit schönsten Wandteppichen dekorierte Zimmer? das Ebenholzbett und seinen Seidenbaldachin? die mit feinsten Daunen gestopften Kissen, die Fuchs- und Luchsfelle, die Schafvliese, die Sticknadeln und die Spindel, die Spitzenkissen, das Garn, den Stoff, die Perlen? wer sieht sie?

– hier ist niemand

Tamiel dreht sich im Zimmer um sich selbst, er begutachtet die genaue Stellung der Lampen und justiert die Ausrichtung des Spiegels, sich selbst blickt er nicht an

– er stellt sich vor, wie du dich betrachtest

er geht von einem Schatz zum anderen, er bewundert, er beruhigt sich: wer könnte diesem Überfluss widerstehen? alles, was er noch zu tun braucht, ist, einen Weg zu finden, mich aus der Federei locken, eine behutsame Art, mich bis zu ihm nach Hause zu bringen

– wenn du dich erst bereit erklärt hast, eine Mahlzeit mit ihm zu teilen, einen Kräutertee, sobald du die Schwelle des Hauses übertreten hast, wird es leicht sein, dir den Schlaftrunk einzuschenken, er steht bereit, schon dosiert, ich habe gesehen, wie er ihn zubereitet hat, zu mir sagt er »sie wird sich an den Komfort gewöhnen, noch weiß sie ja nicht, wie sehr ihr das gefallen wird, der körperliche Friede, die Zeit für sich, sie wird als Hure herkommen und an meinem Arm wieder heraustreten, als meine Frau, genau wie ich dich geheiratet habe«

in der Federei stößt jemand die Tür auf, just während ich rittlings auf einem Freier liege; die Frau kennt den Code des Fackelhalters nicht, sie kommt herein, schmal und schmächtig, an ihren Wangen hängt ihr weiches Fleisch, sie, die mit ihrer rundlichen Figur zum Anbeißen schön war, ist in der Hitze des Sommers eingeschmolzen, seit Monaten magert sie ab

– vor Hunger?
– aus Entsetzen?
– es ist Aimée Fraiteau, die glaubt, ihre Seele an den Teufel verkauft zu haben

drei schöne Maranhühner hängen am Schnabel auf ihren Röcken

– tot?
– allerdings, und ausgeblutet

Aimée ist genauso bleich wie ihre Hühner, sie ist außer sich vor Wut, sie zittert, hebt die drei Vögel über ihren Kopf, als würde sie eine große Masse anheben, sie atmet schwer; der junge Mann in meinem Lager weiß nicht, wohin mit sich, er hat sein Geschlecht und sein Gesicht bedeckt, nur seine zwei großen Füße und sein Rumpf ragen heraus; ich ziehe mich aus dem Bett, trete vor

– nackt

ja natürlich, nackt: in meinen Laken schnurrt der Liebhaber, die Haare kleben mir an den Wangen und die Federn an den Fersen, ich hinterlasse eine saubere Spur auf dem Fußboden; Aimée Fraiteau sagt nichts, sie schaut mich an, sie schaut den halben Körper des Liebhabers an, sie erstickt vor Wut, findet jedoch die Worte nicht wieder, die sie vorbereitet hatte, sie schlägt mit der Hand dreimal auf die Hackbank, dann schmeißt sie die Hühner auf den Block

– es ist Philomènes Schuld
– verrücktes, hirnloses Kind
– es ist die Schuld des Waisenjungen
– der arme, dumme Junge

- es ist die Schuld von Aimée Fraiteau, die glaubt, mit dem Teufel zu sprechen

sie geht ohne ein einziges Wort, die Federei erbebt, als sie die Tür zuschlägt, die drei Hühner liegen flach auf der Theke, der Kopf von einem von ihnen fällt zu Boden und rollt bis zum Bett, der Liebhaber zieht langsam sein Gesicht unter der Decke hervor und seufzt, als ich mich an ihn schmiege

- VIII -

NORDWIND

wir taumeln zwischen allen Stimmungen des Herbstes umher, seiner Strenge, seinen Launen: der Wind bläst stark, der Himmel spaltet sich und ergießt seine Regenströme über die Felder, die Wolkenbrüche reinigen die Häuser, aber genauso bringen die Schauer den Schlamm der Feldparzellen bis in die Straßen: weder sind je die Fassaden so sauber wie im November noch die Fußböden so schlammig

– ich weiß gar nicht mehr, was ich noch zu den Kindern sagen soll, damit sie ihre Stiefel ausziehen, bevor sie im Haus herumspazieren
– sie verdrecken alles, vom Boden bis zur Decke; ich weiß nicht einmal, wie sie das schaffen

in den Groll-Werken stehen hunderte kleiner Stiefeletten aufgereiht auf der Schwelle zu den Konfektionswerkstätten

– als wären es dreihundertmal dieselben Schuhe
– trotzdem erkennt jede ihr Paar wieder
– ich verliere mein Schuhwerk in meinem eigenen Haus häufiger als in der Fabrik

vor zwei Jahren hatte Groll die alten Arbeiterinnen versammelt, solche, die zu betagt waren zum Sticken, Weben und Verlesen, er gab ihnen Stricknadeln in die Hand und sagte nur ein Wort: »Hausschuhe«

– stellt Hausschuhe her
– Hausschuhe, ihr Weberinnen, ihr Näherinnen!

seither fertigen sie Pantoffeln, die an den Türen der Fabrik in großen Fässern gestapelt liegen

– mir gefällt es, mein Paar auszusuchen, jeden Morgen ein anderes
– ich, ich schließe die Augen und picke eins per Zufall heraus, ich sage mir, dass es meinem Tag seine Farbe gibt
– ich schiebe meine Lieblingspantoffeln jeden Abend an die Seite des dritten Fasses, und morgens komme ich früh, damit ich sie bestimmt wiederfinde
– mein Lieblingspaar ist grün mit einem roten Besatz, der bis über die Knöchel geht und mich warmhält
– meins ist das, was ausgebessert werden musste, bevor es überhaupt zum ersten Mal getragen wurde: ich stelle mir vor, wie die Alte mit der Stricknadel die gefallenen Maschen aufnehmen musste, ich versuche zu erraten, an was sie wohl gedacht hat, dass sie so viel falsch machen konnte

wenn die Frauen sich durch die großen, kalten Säle des Werks bewegen, klingt es, als würde der Fußboden gestreichelt, ihre Füße murmeln zwischen Webstuhl und Arbeitstischen hin und her, niemand klappert mit den Absätzen: schließlich ist es Bettwäsche, die hier hergestellt wird, und Groll erzählt gerne, dass die Heiterkeit und Ruhe geradewegs in den Schlussfaden seiner Federbetten eingewoben werden

– er muss es ja wissen, er verkauft seine Produkte gut
– vielleicht, aber nicht der Lärm ist es, gegen den er kämpft, es ist die Unordnung, die unnötigen Streitereien
– der Novemberschlamm
– die Versammlungen

Kangoq-Daunen sind berühmt für ihr makelloses Weiß, das an die Gänsedaunen der Füllung erinnert; alles soll dieses lilienartige Schillern bewahren: die gewobenen Tücher, die Stickereien, die Füllungen, aber bei all den schlanken Fingern, die sich an Nadeln stechen, und den Blutstropfen, die in roten Flocken auf die Seidenschnörkel fallen, ist der Schlamm gerade eine Komplikation zu viel: Groll hasst den Herbst, und wenn er zu mir kommt, ist er ungeduldig und barsch, er möchte all die Frustration seines Tages in mein Bett evakuieren

– weise ihn ab

natürlich: ich sage ihm »finde zuerst deine Ruhe wieder, die Körper folgen später«, nun sitzen wir einander gegenüber, ich serviere Kräutertee und Groll macht eine Bestandsaufnahme von allem, was in den Werken funktioniert, und auch von allem, was sich zerschlägt

– du kennst die Geheimnisse seines Geschäfts

ich kenne die Geheimnisse von jedem

– meine auch?

– und meine?

– und meine?

von jedem, und manchmal auch Geheimnisse, die noch nicht Form angenommen haben, im Entstehen begriffene Geheimnisse

die Unordnung in der Federei wird durch den Schlamm nicht gestört; Regen trommelt auf das Blechdach und tropft ein wenig zwischen den Dachbrettern hindurch, ich platziere Töpfe, um das herabfallende Wasser zu sichern: zweimal am Tag leeren Philomène oder ich die Eimer in einen sehr großen Trog, den ich im Keller aufgestellt habe, und während der großen Kälte bleibt er gerade lau genug, dass er nicht einfriert, das erspart es uns, Schnee schmelzen zu müssen, um zu trinken, zu kochen oder zu waschen

Kangoq, das so lange von der Sommerhitze lahmgelegt worden ist, bereitet sich plötzlich auf den Winter vor: Obstgehölze und Rosensträucher werden mit Filz, Stroh oder Laub abgedeckt, die Moskitonetze werden durch doppelt verglaste Fenster ersetzt und das Holzeinlagern hält alle auf Trab; es muss gestapelt, im Scheitholzschuppen verstaut und in Klaftern gezählt werden: dabei ist mehr einzuplanen als nur das Nötigste, sonst sind es am Ende die Möbel, die das Feuer während der letzten Aprilfröste nähren in der Federei orchestriere ich das Chaos: es ist Jagdsaison und die Tiere häufen sich schneller an, als man sie rupfen kann; neben dem Wild, das im Flug von Jägern erlegt worden ist, bringen Bauern mir Gänse, die an Krankheiten in ihren Feldern eingegangen sind; das genießbare Geflügel muss ich vom faulenden Vieh trennen, um zu vermeiden, dass die Ornithose sich ausbreitet, die sowohl Nutztiere als auch Menschen befallen würde; Philomène hilft mir dabei

– sie ahmt dich nach, das Kind
– jede Geste, die du machst, spielt sie wieder und wieder
– zuerst lernt sie, bald handelt sie

schon ist sie es, die die Feuersbrunst der verdorbenen Gänse unterhält, die Flammen nehmen den halben Hof ein, sie steigen höher als das Dach, Philomène wirft die Kadaver in die Glut

– ganz Kangoq riecht Tag und Nacht nach verbranntem Fleisch
– der schwarze Rauch kommt mit dem Regen herunter
– der Geruch haftet in den Haaren und auf der Haut
– mir macht das Hunger
– ich könnte mich übergeben
– um das Feuer zu löschen, das Philomène schürt, wird kein Regenschauer ausreichen

seit der Geschichte mit den Hühnern von Aimée Fraiteau ist der Waisenjunge Beaupré verschwunden, niemand hat ihn wieder gesehen, und doch ist er nicht weit: jeden Morgen, wenn ich aufstehe, sind die guten Gänse an der Decke aufgehängt, der Trog ist voll frischem Wasser, die Federn sind gerupft und die kleinen Schädel, die aneinander klappern, sammeln sich weiter über der Tür

– die ganze Nacht arbeitet er
– siehst du gar nichts?
– hörst du nichts?
– du schläfst fest

wenn ich schlafe, falle ich, es ist ein Schlaf ohne Angst, ohne Traum, ohne Gedächtnis, ich nehme alles, was es braucht, um zu versinken, ich sterbe jedes Mal, aber die Nacht geht vorüber und am frühen Morgen werde ich wiedergeboren, immer noch ich selbst, und besser auf das Ende vorbereitet

hinter dem Fenster läuft die Yaga an der Federei entlang, sie kommt nun fast so oft wie Tamiel, sie sagt »es ist bald Zeit« und ich antworte »ich weiß, aber nicht jetzt gleich, es gibt zu viel zu tun«; der Arzt unterdessen bohrt weiter und weiter, aber er sagt nicht mehr »heirate mich«, er sagt »komm, dann mache ich dir Abendessen, komm auf ein Glas, auf einen Tee, ich heiße dich ein, zwei Stunden willkommen und bringe dich auch wieder zurück, komm und schau dich einmal bei mir um« und ich antworte ihm ganz genauso »nicht jetzt gleich, es gibt zu viel zu tun«

ich sagte zu Philomène »ich gehe zum Blechschmied, damit er die Ausbeinmesser schleift, kümmere du dich um die Holzfäller, sie bringen uns heute früh das Holz«, ich sagte Philomène »kümmere du dich um die Holzfäller« und dachte, das wäre nicht besonders kompliziert, das Geld lag auf dem Schlachtblock, gut sichtbar in einem Einmachglas, ich sagte »kümmere du dich um die Holzfäller« und hier stehe ich nun zwei Stunden später im Hof der Federei und beobachte, wie der Gänsescheiterhaufen langsam erlischt, und als ich ins Haus eintrete, mit meinen endlich geschliffenen und in Zeitungen aus der Cité eingewickelten Klingen, vernehme ich Seufzer, die vom Boden bis zur Decke aufsteigen; Stiefel, Jacken und gefütterte Forsthelme liegen überall verstreut herum

– und im Bett, diese seltsame Kreatur

– wie viele Köpfe?

– wie viele Pfoten?

Philomène kommt unter den Laken hervor, die Wangen rosig, die Lippen voll; sie sieht mich fröhlich an und sagt »die Holzfäller sind da«, dann verschwindet sie wieder und ich bleibe auf der Türschwelle zurück

– wunderst du dich wirklich darüber?

ich hatte nur gesagt »kümmere du dich um die Holzfäller«

– sie wird verstanden haben, was zu tun ist

so habe ich es nicht gemeint

– das ist, was sie hören wollte

im Bett wird geleckt, gebissen, gebogen und gepackt, ein Junge streckt den Kopf aus der Decke und sagt »wir geben es Ihnen gleich, Madame, das Holz«, dann verschlingt ihn die große Kreatur wieder, ein anderer taucht auf, er sagt zu mir »das hier muss warmgehalten werden«

auf der anderen Seite des Schaufensters lacht die Yaga laut, ich seufze, gehe hinaus, setze mich neben sie und warte

– zwei Orakel nebeneinander, da gibt es nicht viel zu besprechen

wir reden trotzdem über ein paar kleine, versiegelte Geheimnisse, sie sagt zu mir »du hast wegen Binouche nichts zu befürchten, er ist bei mir«
»ich weiß«
»er ist ein großer, geduldiger Kerl«
»er kann dir beim Kardätschen und Spinnen helfen«
»für ihn ist das ein ruhigeres Umfeld als das Blut, die Knochen und das Fleisch«
»ich weiß«
»und Mäuschen?«
»Déléanne? sie wird bald heiraten, nur noch ihr Schleier muss fertigbestickt werden«
Philomène hat mich zwei Taschen mit Reis kaufen lassen und sie unter den Federsäcken versteckt, sie will die Körner den frisch Vermählten ins Gesicht werfen, wenn sie aus der Kirche kommen, »wie im Märchen«: abends stellt sie kleine Säckchen her, auf die sie die Initialen der Brautleute stickt, vor der Trauung wird sie sie unter den Gästen verteilen
die Yaga sagt noch »du wirst keine Zeit mehr haben, dort zu sein«
ich weiß
in der Federei zerspringt etwas, das Schaufenster ist ganz beschlagen, wir haben uns alle beide wieder umgedreht, die Yaga schaut mich an, sie sagt »vergiss es nur nicht« und wir lachen alle beide, erst tonlos, dann sehr laut; über unseren Köpfen verfärbt sich der blaue Himmel weiß

- IX -

ZUR BESAGTEN STUNDE

ich halte die Leute von Kangoq in meinen Händen, als wären es Figürchen, Puppen aus Knochen und Federn, Matrjoschkas mit Seidenbäuchen, ihre Gesichter kreidegezeichnet, ihr Schädel voll von Haaren, die dem vorigen Kopf ausgerissen wurden

– die Yaga ist zurückgekommen

– sie steht geduldig auf der Türschwelle

lesbar sind sie, transparent, entsiegelte Leben: ein Mann im Türrahmen, eine Ungeduld, Binouches große, Entenschnäbel durchbohrende Hände

»schön schön«

das Horn kracht, der Waisenjunge führt den Zinnhaken durch die Aushöhlung, streicht die Flügel glatt, dann hängt er den Fang an der Decke auf, seine Hände haben die Gesten gelernt, die ich ihm so oft wiederholt habe, lochen, einhaken, hochziehen

auf der anderen Seite des Dorfs im Arzthaus ist das versteckte Zimmer leer, die Vorhänge schlackern gegen die Baldachine, die Garn- und Stoffsammlung im kunstvoll gearbeiteten Wandschrank ist sorgfältig nach Farbe sortiert; Türen, Riegel: alles zwischen diesem versteckten Schlupfwinkel und der beißenden Dezemberluft steht sperrangelweit offen

– wo steckt Tamiel?

der Schlüsselbund liegt am Boden auf der Türschwelle, der opiumgesättigte Tee in der Kanne dampft noch

– wie viele Gesten münden in einer letzten?

Klein-Pierre dreht sich um sich selbst, rund um ihn herum wogt der schwarze Samtrock; er hat die Türen des Boudoirs verriegelt, Spiegel bedecken die Wände vom Boden bis zur Decke; er streicht über den Rubin-Wasserfall, der an seiner Kehle und seinem Arm herabrinnt: das Kleid der Trauerschatten steht ihm halbwegs

– es ist zu groß
– er ist zu klein
– er muss es gestohlen haben, oder wie kommt es in seine Hand?

vor der Federei presst die Yaga ihre Stirn gegen die kalten Fensterkacheln an der Tür

– es ist Zeit
– um ihr Gesicht herum beschlägt die Scheibe

im weiten Stoff der Fiktion enthüllen sich die Motive des einen oder anderen erst allmählich, erst im Verlauf des Webens, und dennoch, lange bevor das Gewebe Form annimmt, ist der Schlussfaden schon klar; ich habe Lebensfäden zur gleichen Zeit lesen gelernt, wie ich Körpersprachen entdeckte: es ist nicht schwer, eine Seele zu entschlüsseln, wenn sie vor einem steht, in ihrem Berg aus Fleisch und Haut; sie sind alle gleich, bestickt mit Venen und Arterien

auf ihr blutfarbenes Gewand hat Philomène die Hydrografie von Kangoq genäht; nun hat sie die Sprache der Körper und Herzen gelernt: die Vorhänge, die Tamiel mir geschenkt hat, sind nicht wiederzuerkennen, illuminiert durch rotglühende Perlen

– die Yaga klopft an die Tür
– es ist Zeit
– sie klopft

wenn Sulfurian eine Gans tötet, wenn er zwischen den Metallkiefern eine im Sprung erstarrende Kreatur fängt und findet, streicht mein schöner Teufel über die tierischen Kehlen und träumt dabei von meiner, seine Finger fassen in den Pelz, in das Federkleid, doch bin ich es, an die er denkt, mich nimmt er Falle für Falle heraus, immer wieder dasselbe Tier

– es ist Zeit

hinter Philomène in ihrem scharlachroten Kleid läuft Déléanne ganz in Weiß, ihr Schleier fließt über ihren Rücken und rollt auf den Boden, ihre Brautschleppe überzieht die Erde mit Raureif, sie sät den Winter, ihre Aussteuer passt in eine Reisetruhe, die sie mit zwei Armen vor sich herträgt, sie geht auf das Haus zu, das ihr kleiner Bräutigam für sie gebaut hat

– es ist Zeit

– die Yaga schiebt die Tür auf

– es ist Zeit

alles in der Federei ist tot, die Gänse, die Seidenwürmer, die Ratte in ihrer Falle; ich hänge, Haar und Körper und Hände, zwischen meinen Tieren, das Gesicht zur Decke hochgekippt, meine Augen vom Halbdunkel verschluckt

– die Yaga zündet die Gaslaternen an

alles, was sie im Schein der Tischleuchte ausmachen kann, sind meine Rippen, meine langgezogenen Brüste, ist das, was von einem weißen Rock übrig ist; Blut fällt in schwarzen Tropfen auf die angehäuften Innereien, auf die Kadaver der Gänse, auf die dünnen Hälse der Ganter, die sich neben der Hackbank türmen

– zur besagten Stunde haben die Glocken unsere Hochzeit besungen und wir haben Hände voll Reis ins Gesicht bekommen; ich erinnere mich an geöffnete Handflächen und weiße Pailletten, die sich in meinen Haaren verheddern; alles überstürzt sich, das Tohuwabohu, der Stolz dieser und jener … die Trauung selbst fällt mir nur bruchstückhaft wieder ein: ich höre die Orgel, der Chor stimmt traurige Lieder an, die vom heiligen Bund sprechen, ich unterschreibe im Register nach meinem Vater und die Feder tropft, die geschwungenen Buchstaben meines Namens werden verschluckt von der Tinte, die über der Seite zerläuft, jetzt bin ich für immer Déle … ne, mein Zeigefinger ist befleckt und schwarz und ich fürchte, mein Kleid zu verschmutzen

– all die Zeit des Nähens

– mein Verlobter, nunmehr Ehemann, ist nur ein Lächeln in der Masse der anderen, ich spüre seine Anwesenheit, aber was wir seit Beginn der Zeremonie erleben, gehört nicht uns, weder ihm noch mir, für jeden Gast müssen wir uns auftrennen: seine Familie ist von weither angereist, trotz des Winters, Hochzeitsfeierlichkeiten sind Zusammenkünfte voller Spannungen; nach der Kirche schleicht mein Ehemann von hinten an mich heran und flüstert »Mäuschen, meine Haut« »Mäuschen, meine Heimat« »Mäuschen, mein Halt«, er streift mein Becken, meine Taille, meinen Nacken: diese Schauer sind die einzige Spur seiner Gegenwart im Durcheinander der Geladenen; nach den letzten Segenswünschen ziehen wir Mäntel und Muffs, Hüte und Sonntagshauben an, auf dem Kirchenvorplatz blendet mich die Sonne, die Kinder rennen wild herum, Frauen ordnen wieder und wieder meinen pelzgesäumten Schleier, sie schlagen den Tüll über meiner Stirn und meinen Wimpern herunter

– um deine Scham zu kaschieren

- aus dir eine vorbildliche Braut zu machen
- ein hübsches Kuchenfigürchen
- Philomène geht hinter mir vorbei, sie aber schlägt den Schleier wieder hoch, kneift mich in die Wangen, damit sie rosig werden, und nennt mich »mein wunderbares, verrücktes, verheiratetes Mäuschen, was ist das komisch, verheiratet!«; während sie mir Zotigkeiten ins Ohr flüstert, erscheinen meine jüngeren Schwestern mit einem Umschlag, sie haben ungeschickt ausgeschnittene Engelsbildchen aus ihren Märchenbüchern hineingesteckt
- sag »danke« und lächle ein bisschen
- eines Tages werden es die schluderigen Geschenke deiner eigenen Kinder sein, die du bewundern sollst
- lächle, sag danke, dann geh und verlier den Umschlag auf dem Haufen der übrigen
- ganz dicht neben mir nimmt Philomène die Engel an sich und lässt sie in meine Korsage gleiten, ich spüre die Papiere auf meiner Brust, sie legt ihre Hand auf mein Herz und sagt »du kannst nie genug Frauen haben, die dich lieben«; sie hat ihr blutfarbenes Kleid fertiggestellt und trägt es zum ersten Mal, sie funkelt, eine Glut inmitten der Monotonie der anderen
- wem wäre sie nicht längst aufgefallen?
- darüber trägt sie den Pelzumhang und die langen Abendhandschuhe der Federfrau
- auch einen enganliegenden Halsschmuck hat sie sich genommen, ein schwarzes, mit Mattgold verziertes Samtband
- ihre Haare sind eine kunstvolle Mischung aus Zöpfen und Durcheinander
- sie weiß um ihre Wirkung
- sie tanzt von einem Mann zum nächsten
- sie schwebt
- sie erwischt Sélènes Hände

– sie dreht die jungen Mädchen um sich selbst
– sie tanzt
– eine Flamme
– sie tanzt
– bis dieses Glühen nachlässt, wird man wohl die Nacht abwarten müssen
– zu dieser späten Stunde hängt die Federfrau schon zwischen ihren Gänsen
– ich weiß davon noch nichts: ich stehe nackt vor meinem Ehemann, endlich sehen wir uns zum ersten Mal von Angesicht zu Angesicht; während unser Atem sich mit dem anderen vertraut macht, wägen wir Erinnerungen ab: gerade erst verheiratet, schon sind wir dabei, die Geschichte zu konstruieren, die wir einmal unseren Kindern erzählen werden »da war Tante Marie, die ohne Unterlass an der Perücke vom alten Joseph herumfrisierte« »Binouche Beaupré hat den Finger in die rosa Kuchenglasur getunkt« »meine Mutter, deine Schwiegermama, hat ihr Jungmädchen-Kleid getragen, und als sie sich nach vorn gebeugt hat, ist der Rücken vom Nacken bis zum Hintern aufgeplatzt«
– sie sind noch nicht geboren, da hörst du schon ihr Lachen
– sie existieren ohne Gesicht
– sie stecken bereits den Weg ab, der vor dir liegt
– zur besagten Stunde unterdessen, zur lärmenden Stunde der Hochzeitsfeier, als die Glocken noch laut von meiner Heirat singen
– zu der Stunde, als die Federfrau stirbt
– zur besagten Stunde der Glocken, der Yaga, der Federfrau befindet sich Philomène nicht in der Federei, sie berührt mein Herz mit jedem ihrer Finger, »du kannst nie genug Frauen haben, die dich lieben«; wie oft wird man mich später fragen, wer mit mir auf dem Kirchenvorplatz war? wer? wie oft werde ich sagen, dass ich mich

an niemanden erinnere außer an sie, meine Freundin in ihrem blutfarbenen Gewand
– wer wird dir glauben?
– bei ihrer Verhaftung liege ich nackt bei meinem neuen Ehemann und höre nichts vom Tohuwabohu auf der Straße; genauso wenig ahne ich vom Tod der Federfrau, nur die Stimme von Philomène höre ich in meinen Gedanken, ihre Zotigkeiten, ihre Ratschläge
– »Vorsicht mit Zähnen am Glied«
– »lass dich schmelzen«
– »wenn du Angst hast, denk an meinen Mund«
– weiter habe ich nichts anderes im Sinn, ich höre weder die Schreie, die vom Tod der Federfrau künden, noch das Chaos der Männer, die eine Schuldige suchen, ich umarme meinen Mann und räkele mich an seiner Haut, die lange Nacht fließt über Kangoq und die Männer reißen Philomène von der Feier weg
– genieße die Küsse
– lerne den Duft deines Mannes
– genieße es
– die Realität holt uns alle noch schnell genug ein

– mitten in den letzten Zügen der Hochzeitsfeier, den Reiskörnern, den Ausschweifungen haben sie Philomène ergriffen, und hier ist sie nun: vor Gericht, verstummt
– was könnte sie schon sagen? sie haben sie zur Schuldigen erklärt, sie zwischen all den anderen auserkoren
– wer sucht das Gesicht einer Verurteilten aus?
– sie wird aufgehängt werden wie ihre Meisterin
– aber eher zwischen Ober- und Unterkangoq am Galgen als zwischen den Gänsen
– erhängt aber doch, und zwar für gar nichts
– ich hätte sie töten können, die Federfrau
– das hätte auch ich gewesen sein können; wie habe ich sie gehasst, diese Frau, ich hätte spüren wollen, wie unter meinen Fingern ihr Atem schwächer wird, wie sie zusammenbricht
– nun, ich hätte sie vor Liebe ersticken mögen: sie hat mir alles über Sinnesfreuden beigebracht, ich hätte sie gedrückt und gedrückt, bis sie niemand anderem mehr etwas beibringt außer mir
– ich hätte sie gefressen, glaube ich, wie oft ich ihre Wangen, ihre Brüste betrachtet habe und Lust hatte, mit dem Mund dranzugehen
– da bist du nicht die Einzige
– mit ihr habe ich die Verstecke meines Körpers kennengelernt
– und ich, wie oft habe ich geträumt, sie sei tot … dass sie mir meinen Mann zurückgibt, oder jedenfalls, dass sie aufhört, das zu nehmen, was zwischen ihm und mir das Intimste war
– ich hätte es gekonnt
– ich hätte es gekonnt
– und doch ist keine von uns im Halblicht in die Federei gegangen, um dieser Frau die Kehle durchzuschneiden und sie an der Decke ihres Lädchens aufzuhängen

– so etwas ist Männersache
– aber der Erste beschützt den Zweiten
– der Zweite deckt den Dritten
– und der Dritte zeigt auf Philomène
– sie sind eine undurchdringliche, wasserdichte Menge, sie werden sich nicht anschuldigen lassen
– wo ist Tamiel?
– weg
– und der Notar?
– und der Bürgermeister?
– sie herrschen über Philomènes Prozess
– Philomène, genannt die Schuldige, genannt die Dirne, die Unheilvolle, die Ungeheuerliche, die Begehrenswerte
– ihr Name wird allmählich ausgelöscht, je mehr Zeugen vor die Anklagebank treten
– wo ist Sulfurian?
– streunt durch das Eis im Norden
– und der Waisenjunge?
– er spinnt die Fäden der Yaga
– was ist mit Groll, dem Postboten, dem Blechschmied?
– der Erste beschützt den Zweiten
– der Zweite deckt den Dritten
– der Dritte hat Philomène ergriffen, über die sie richten werden
– die sie hängen werden

ich sitze zwischen den Männern in meinem blutfarbenen Kleid; der Schnee fällt dicht auf die Bürgermeisterei, dicht auf das Dorf, und jedes Mal, wenn man die Tür zum Ratssaal öffnet und schließt, fährt der Wind in den Raum und kriecht in meine Wäsche; man hat mir den Umhang und meine Federfrauen-Handschuhe abgenommen, jemand hat »Beweisstücke« gesagt, bevor er sie mir heruntergerissen hat, er weiß nicht einmal, was »Beweisstücke« bedeutet, ich würde es ihm gern sagen, aber etwas an ihm krümmt sich, er müsste beruhigt werden; ich bin nicht sicher, ob ich die Geduld habe, diese absurden Gesten, Gewalttätigkeiten und Widersinnigkeiten auszuhebeln und zugleich zu besänftigen, die Zweifel zu entschärfen, »du bist ein guter Mensch, nur in eine schlechte Rolle geraten«: ich wüsste gerne, wie ich mich hinter meinem Gesicht auslöschen kann, aber das konnte ich von der Federfrau nicht lernen

– es geht nicht darum, dich auszulöschen, sondern fest genug zu sein, die Zerbrechlichkeit der anderen aufzunehmen

ich lausche der Stimme in meinem Kopf, warte, lausche den lächerlichen Anklagen, die mir zur Last gelegt werden, die Männer bezichtigen mich des Pechs, der Zauberei, der Besenritte und toter Kinder; der Mord an der Federfrau wird, obwohl erst noch ausschlaggebend, zu einer Beschuldigung neben weiteren; drei Tage lang wechsele ich zwischen dem Büro, das zur Zelle umfunktioniert ist, und dem aufrechten Stuhl in der Mitte des Ratssaals hin und her und warte; anfangs höre ich den Zeugenaussagen zu, dann höre ich nicht mehr zu; es sind ohnehin Fiktionen, ein imaginärer Prozess, ein Abwägen unwägbarer Beweise; wie sie hier einer auf den anderen folgen, der Bürgermeister, Groll, Pierre Arquilyse, der Bauer Fraiteau, der Blechschmied, der Postbote: erst bin ich noch wütend, aber die Stimme gräbt sich ein Nest in meinem Kopf

– denk weiter als dein Zorn

ich schließe die Augen
– hast du Angst?
ich habe keine Angst
– weder vor dem Tod noch vor Schmerzen?
weder vor dem Tod noch vor Schmerzen
– warum?
ich bin abgesichert; denn selbst tot, selbst erniedrigt werde ich immer noch dieselbe sein, das verrückte wilde Kind, die Freude
– was noch
ich weiß, dass ich dieses Mal nicht sterben werde
– lange Zeit lehrst du dein Ende
die Männer ziehen vorüber, sie haben etwas zu verlieren, ein Teil ihrer selbst ist mit der Federfrau davongeflogen, sie haben Angst und ich beginne damit, ihre Körper, ihre Bewegungen, ihre Gesichter zu beobachten, das kleinste Zucken ihrer Hände: ein Herzklopfen; und unter ihrer großen ernsten Stirn: ihre Verzweiflung; ich entdecke ihre Zerbrechlichkeit und wundere mich, sie sprechen laut, sie versuchen, in mir einen Kern zu zerdrücken, der nie springen würde, der schon zu oft in ihnen gebrochen ist
Pierre Arquilyse sitzt am Kopfende des Tischs, er berührt oft seine Schenkel, ich runzle die Stirn und erspähe in seinem Schuh einen feinen Damenstrumpf; das Nylon lässt die Wolle, so viel ist sicher, schlüpfrig werden unter seiner Hose, und wenn der Notar die Augenlider senkt, dann nicht, weil er den Beweisen gegen mich lauscht, sondern weil er endlich existiert an diesem femininen Ort zwischen seiner Hose und seiner Haut
es war nach Déléannes Hochzeit passiert: Victoire war im Bett und Pierre, der sich auszog, sah oben auf der Frisierkommode die zarten Strümpfe seiner Frau; mit zugeschnürter Kehle zog er einen davon an, ohne hinter sich die Tür des Boudoirs zu verschließen; als Victoire hereinkam, spürte er alle Schranken in seinem Herz einbrechen; nackter als nackt, gab alles in ihm plötzlich nach; Victoire blieb zuerst regungslos und stumm

auf der Schwelle stehen, aber etwas legte sich auch in ihr; sie ging zu ihrem Mann und ließ ihre Hand über sein Bein gleiten, den zweiten Strumpf zog sie selbst hoch, vom Knöchel bis zu Pierres Oberschenkel, und es ist diese langsame Geste, die der Notar erneut durchlebt, während man über mich richtet; er hört gar nichts mehr, er existiert dort, in dem gestickten Strumpfband, das seine Haut besänftigt

auf der anderen Seite der Arena lauscht Kangoq dem Prozess: ich beobachte das Dorf, das in dieser fremdartigen Zeit der Denunziationen und Verhexungen festhängt, der Sturm fasst das Rathaus in eine dicke Schneedecke, es wird immer mühseliger, durch die Türen zu gehen, das Weiß bildet eine Mauer zwischen der äußeren Welt und der Märchenstunde, den erfundenen Verbrechen

eines Tages

– nach wie vielen Stunden?

ich weiß es nicht

erhebt sich Bürgermeister Delorgue, umrundet die lange Versammlung von Honoratioren und nähert sich mir, sein Körper ist eine große Klammer inmitten des Saals, rund steht er da, ohne den Blick zu heben, und auch ohne ihn zu senken, er versucht eine autoritäre Stimme, aber etwas Kindliches klingt durch seine Worte, als er sagt »die Familienoberhäupter mögen sich erheben und ihr Urteil fällen, wonach die Philomène gehängt wird«

alles im Saal ist still

– dann erhebe ich mich
– ich stehe auf
– ich warte nicht darauf, dass mein Mann sich bewegt, ich stehe auf
– ich spüre, wie meiner mich mit dem Knie berührt, er schubst mich sachte
– meiner spielt mit dem Ellenbogen an meiner Taille
– sie sagen ohne Ton »steh auf, sei auch Oberhaupt«

– ich brauche von niemandem eine Erlaubnis, ich stehe auf, mein Klein-Pierre nickt auf der anderen Seite des Tisches unmerklich mit dem Kopf
– ich stehe auf, gehe vor und sage »Sélène Delorgue, Familienoberhaupt der Delorgues, ich erkläre die Angeklagte für nicht schuldig«
– du sagst das so gut
– ich erkenne meine Stimme selbst nicht wieder, sie kommt von wer weiß woher, aber ich mag die sanfte Festigkeit, ich wiederhole »nicht schuldig« und schaue meinem Ehemann dabei in die Augen
– wie er errötet, der Bürgermeister
– es lässt sich gar nicht sagen, ob er purpurrot ist oder bleich
– ich stehe hier
– ich stehe hier
– ich stehe hier, und mein Mann drückt mich leicht in die Seite, als wolle er mir zuraunen »du kannst«, aber den Schritt mache ich allein, ich gehe vor und sage laut, laut genug, um das Gemurmel zu begraben, das sich im Saal erhebt »ich bin Déléanne, genannt Mäuschen, und ich erkläre die Angeklagte für nicht schuldig«
– und wie viele von uns stehen aufrecht hinter denen, die sprechen?
– ich bleibe auf meiner Stuhlkante, mein Po berührt die Sitzfläche, aber meine Knie folgen ihrem eigenen Drang, es ist ein brüsker, rascher Impuls, ich stehe auf, rufe fast »Aimée Fraiteau, ich bin die, die Klage wegen Hexerei eingereicht hat, und ich weiß, die Angeklagte ist nicht schuldig«
– ich weiß es auch
– ich weiß

es ist wie das Ende eines Traums: die Versammlung erwacht plötzlich und wundert sich, wie sie so weit davondriften konnte

ich gehe als Erste hinaus; der Schnee unter meinen Schritten verwandelt sich in Daunen, bald weint der Himmel Flaum: ich schaue nicht zurück, der Wind legt sich, ich gehe zur Federei, sie ist ganz im Schneesturm verschwunden und muss freigemacht werden, Fenster und Türen müssen geräumt, die Laterne ausgeschüttelt und der Vorbau abgekratzt werden, die Kälte hat alles eingefroren, die Federei ist neu aufzudecken: es gibt so, so viel Schnee, so viele Federn: mit jeder Schneeschippe erwecke ich sie zum Leben, es scheint, als würde der Winter selbst sie zur Welt bringen, ich verspüre weder Müdigkeit noch Wut noch Kälte, die Wärme meines Bauchs, meines Geschlechts und meiner Haut genügt, um die Nacht zu wärmen; die Stunden gehen vorüber und der Tag öffnet sich in pastellfarbenen Dämpfen, Sulfurian taucht aus dem Nebel auf, er trägt fünf ganz vereiste Füchse über seiner Schulter, ich wärme den Türknauf in den Handflächen, bis ich meine Hände nicht mehr spüre, und als er endlich auftaut und nachgibt, betrete ich als Erste die Federei; Sulfurian folgt mir, er legt die Tiere auf der Hackbank ab und lüftet seinen Hut, ich wende mich ab und nehme die Weizengarbe, schiebe sie in den Fackelhalter, schließe die Tür und drehe mich zum schönen Teufel um, der sacht über meinen Hals streicht
lange Zeit werde ich mein Ende lehren

»Audrée Wilhelmy ist eine
Meisterin des Nature Writings.
In ihrem eindrucksvollen,
wild-poetischen Roman
zeigt sie die Extreme
von Natur und Mensch.«

Buchjournal

296 S. | 978-3-7374-1228-5 | 1271

Aus der rauen Welt zwischen Natur und Zivilisation – Im Norden Kanadas wächst das Mädchen Daã in grenzenloser Freiheit auf. Die 24 Nonnen des Konvents, in dem es geboren wurde, sind einst vor Elend und Missbrauch geflohen und schätzen nichts mehr als Eigenständigkeit. Daã darf sich voll entfalten, streunt täglich durch die Taiga, lernt die Sprache der Natur und entwickelt sich zu einer unabhängigen und selbstgenügsamen jungen Frau. Als ein Geistlicher ihre Vormundschaft übernehmen soll, bricht sie auf, um als Nomadin jahrelang allein durch die Wildnis zu ziehen – bis sie dem jungen Arzt Laure verletzt vor die Füße fällt.
Laure, aufgewachsen zwischen Armut und Hunger in den Hütten der Kohle Co. und als Albino ein ewiger Außenseiter, pflegt die fremde Waldfrau. Trotz aller Gegensätze beginnen sie eine Beziehung, in der Daã sich ihre Identität bewahren kann. Selbst als sie ins Dorf ziehen, wo Laure eine Praxis übernimmt, und gemeinsame Kinder bekommen, verlangt er von ihr nicht, sich an die herrschenden Rollenbilder anzupassen. Bald wird Daã von den dortigen Frauen als Vertraute und Helferin geschätzt. Doch zu erfahren, welche Gewalt die Zivilisation Menschen antut, löst Wut in ihr aus. Ihren Kindern wünscht sie ein ungebundenes, wildes und selbstbestimmtes Leben, fern vom Unglück gesellschaftlicher Anpassung. Und so trifft sie eine Entscheidung, die schwerwiegende Folgen hat.

Dieses Buch wurde dank eines Übersetzungszuschusses von SODEC, Société de développement des entreprises culturelles, Québec, übersetzt.

Verlagshaus Römerweg GmbH | Römerweg 10 | D-65187 Wiesbaden
+49 611 986 98 14 | info@verlagshausroemerweg.de

Lektorat: Aline Wollmer, Wiesbaden
Cover: Anja Carrà, Weimar
Bildnachweis: © Balaraw – stock.adobe.com
Umschlag, Layout und Satz: Anja Carrà, Weimar
Der Titel wurde in der Baskerville gesetzt.
Druck und Bindung: GGP Media GmbH, Pößneck

ISBN: 978-3-7374-1250-6

MIX
Papier | Fördert gute Waldnutzung
FSC® C014496
FSC www.fsc.org